中国新寓言
CHONGGUO XINYUYAN
XINGFU NVSHEN
U0640533
幸福女神
来敲门
吴礼鑫◎著
金盾出版社
JIN DUN CHU BAN SHE

内 容 提 要

寓言集从2011年3月6日开始创作，至2011年12月31日新创作寓言180个，加上以前创作尚未来出版发行的195个寓言，共计375个寓言。该寓言集的作者文笔细腻，给青少年读者朋友展现出一幅幅生动的画面，富有哲思，把知识性、趣味性与文学性相结合，是作者长久以来孜孜不倦的追求。寓言离不开故事，故事离不开生活。作者用一双洞察世事的敏锐慧眼，从生活中汲取素材，去发现生活中那些真善美的东西，讴歌真善美的价值。不论是动物、植物，还是无生命的事物，演绎的却无一不是人世间的、生活中的事，读后给人以理性的启迪。

图书在版编目（CIP）数据

幸福女神来敲门/吴礼鑫著．—北京：金盾出版社，2013．5

（中国新寓言）

ISBN 978－7－5082－8176－6

Ⅰ．①幸… Ⅱ．①吴… Ⅲ．①寓言—作品集—中国—当代 Ⅳ．①I277．4

中国版本图书馆CIP数据核字（2013）第040546号

金盾出版社出版、总发行

北京太平路5号（地铁万寿路站往南）

邮政编码：100036　电话：68214039　83219215

传真：68276683　网址：www.jdcbs.cn

永清县晔盛亚胶印有限公司

各地新华书店经销

开本：960×690　1/16　印张：13

2013年5月第1版第1次印刷

印数：1～20 000册　定价：28.60元

前　言

寓言是一个古老而又经久不衰的文学品种，他用比喻和讽刺等手法阐述哲理和智慧。寓言简短，但意境深远，发人深省。寓言不仅给人以智慧的启迪，思想的醒悟，而且给人以美好的享受；寓言是智慧之光，思想之灯，哲理之诗，道德之花，正义之剑。寓言宛若一颗光彩夺目的明珠闪耀于世界文学宝库中。可以豪不夸张地说，因为寓言，文学宝库才显得这样多姿多彩。

我自2005年创作出版第一本《哲理寓言集》，至今已出版了五本寓言集（六本书），创作出版了2000多个寓言故事。我原来打算不再创作寓言，准备专注其他文学形式的创作；但我总是禁不住对寓言的喜爱，每每思绪腾飞，脑袋里时不时泛现出寓言的倩影；我今生也许注定与寓言有割不断的情缘了。

《幸福女神来敲门》是我的第六本寓言集，分八卷：第一卷、丛林意趣，第二卷、原野奇妙，第三卷、水域浪花，第四卷、空间遐思，第五卷、人类醒悟，第六卷、神之灵慧，第七卷、云水禅心，第八卷、生活启迪。全书375个原创寓言故事，每个寓言故事后都有一句哲思启迪语。

渴望对有缘读此书的朋友有所启示。

由于本人才疏学浅，书中观点难免为一家之言，敬请读者与专家批评指教。

吴礼鑫2011年6月26日于湖南娄底

目 录

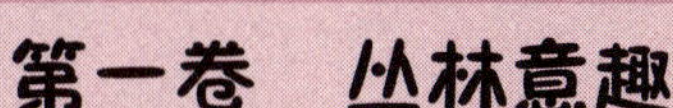

★ 美好过度也会导致痛苦不幸！

★ 根歪邪，生命就会遭受不幸；心枯萎，生命就会步入死亡。

★ 谁如果与不幸较真，往往会遭受更大的不幸！

★ 听不进良言忠告，经不起生活考验，往往会葬送自己！

★ 心魔恶于病魔！

1. 斑豹与斑马

一只斑豹捕杀了一匹幼小的斑马，他立即狂饮大爵起来，很快就将斑马吞食得一干二净。斑豹由于暴食过度，他痛得在地上打滚。

斑豹为此悲叹道："这美好的斑马肉太好吃了，我贪吃过度，结果才导致我痛苦不堪。"

美好过度也会导致痛苦不幸！

2. 狐狸与大树

一只狐狸清晨起来，不慎撞到一棵大树上，被撞得眼冒金星，头也被撞了一大包。狐狸痛苦不堪，勃然大怒，立即用爪子狠劲地去抓大树，试图将大树也抓出一个大包来，以解心头之恨。

大树傲然挺立，沉默不语。狐狸又咬牙切齿地用牙齿去咬大树，不慎将自己的一颗牙齿也咬掉了，狐狸更加气愤不已。

狐狸不顾一切地疯狂报复大树，累得筋疲力尽。

这时一只斑豹恰巧路过，轻而易举地捕杀了狐狸。

狐狸临死时悲叹道："我与这倒霉的大树较真，最终才导致了自己被捕杀的悲剧。"

谁如果与不幸较真，往往会遭受更大的不幸！

3. 歪树与枯树

在一片森林里，生长着一棵歪树，他倾斜于地，艰难地生长着。

歪树时常叹息道："我一生下来，根就长歪了，只好歪歪扭扭地生长；我一生不知遭受了多少痛苦不幸，我真是倒霉透顶。"

在歪树的旁边挺立着一棵枯树，枯树的灵魂总是悲叹道："我一生下来，心就频临着枯萎，濒于绝望，我的生命就面临着死亡；当我的心彻底枯萎，我的生命就步入了绝境中；我真是不幸之极。"

根歪邪，生命就会遭受不幸；心枯萎，生命就会步入死亡。

4. 狐狸与神仙

一只狐狸总自以为是，认为自己聪明能干。

一天，狐狸在山林中觅食，不慎掉入陷阱中。正在他悲观绝望之时，一个神仙恰巧路过，他对狐狸说道："我是神仙，你如果能听进我三句话的忠告，我就解救你脱离危险。"

狐狸问道："哪三句话的忠告呢？"

神仙说道："一不要自以为聪明，聪明总被聪明误；二不要忘乎所以，忘乎所以常常会害了自己；三要三思而行，想好再做，做了不要后悔，即使后悔也不要绝望。"

狐狸说道："这都是世上的真理，我一定铭记这三句话的忠告。"

于是神仙便将狐狸救出了陷阱。

狐狸得救后，继续寻找食物。

不久，狐狸看见一块石头上有一只猎物，立即跑到那块石头旁边，望着猎物兴高采烈道："不知是那个傻瓜，将这么美好的猎物放在这里。"

狐狸欣喜若狂，准备爬到石头上，结果却从石头上掉到了一个新的陷阱中。

狐狸不顾一切地胡乱挣扎，被一个铁夹子夹得鲜血直流，他在陷阱中绝望道："我真后悔，忘记了神仙的忠告，我彻底无救了。"

这时神仙来到狐狸面前，哈哈大笑道："可悲的狐狸，刚才的一切都是我精心策划的，你听不进忠告，经不起考验，真的无救了。"

神仙随后消失得无影无踪——

听不进良言忠告，经不起生活考验，往往会葬送自己！

5. 神秘果树与无花果树

一棵神秘果树在一个美妙的梦中遇见了一棵无花果树。

神秘果树对无花果树好奇地问道："你是不是不开花就会结果呢？"

无花果树回答道："不！我既开花又结果，而且开的花数不胜数。"

神秘果树困惑地问道："那么你为何叫无花果树呢？"

无花果树回答道："我开的花很小很小，人们的肉眼无法看见，人们误以为我不开花就结果，所以人们叫我无花果树。"

神秘果树感慨道："我原来也像人们一样地无知，觉得你很神秘。现在我明晓了你，感到你其实也并不神秘。"

随后，无花果树对神秘果树也好奇地问道："你是不是很神秘呢？"

神秘果树回答道："不！我并不神秘。"

无花果树困惑地问道："那么你为何叫神秘果树呢？"

神秘果树回答道："我结的果子能够改变人们的味觉，人们吃了我的果子后，马上再吃酸的东西，就不会感到酸，只会觉得甜，人们误以为我的果子很神秘，人们就叫我神秘果树。"

无花果树感叹道："我原来也像人们一样地无知，觉得你很奥秘。现在我明知了你，感到你其实也并不奥秘。"

明晓并不神秘，无知才觉奥秘！

6. 野猪与狗熊

冬天，一头野猪在竹林里挖冬笋。

突然一只狗熊走了过来。

野猪对狗熊说道："你猜我现在挖到了几个冬笋？"

狗熊说道："猜对了，你给我吃吗？"

野猪说道："你如果猜对了，五个全给你！"

狗熊沉思默想了一会，说道："十个。"

野猪说道："你这头笨熊，我明明告诉你了，你还猜不中，真笨呀！"

狗熊说道："我就是不相信你，想凭自己的小聪明得到你的冬笋，结果算计错了，才一无所获。"

人世上，有时诚实并非愚蠢，狡诈并非精明！

7. 驴子与老虎

一头驴子在森林里总备受欺凌，他便想找一个保护神。

驴子认为老虎是森林之王，如果能够找到老虎做保护神，自己就有了依靠。

于是驴子就想方设法找到了老虎，当他向老虎说出自己的想法时，老虎哈哈大笑道："你这头愚驴，我想找你还找不到。你竟然自投罗网，竟敢找我当保护神，你可是找错了对象哟。"

老虎说着，便一口咬死了驴子。

找恶人做靠山，往往是自投罗网。

8. 豺狼与狼狗

一只豺狼被猎人的一只狼狗追捕。

豺狼对狼狗说："兄弟，我们五百年前是一家，你就放我一码吧。"

狼狗说道："即使我们现在是亲兄弟，我为了得到主人的奖赏，也不会放过你。"

狼狗说着便咬住了豺狼，与猎人一同捕杀了豺狼。

世上不少人也是这样，为了利益，不顾情谊。

9. 狮子与公牛

一头狮子追逐一头公牛，来到一处悬崖陡壁处。

公牛瞧着那深不可测、险象环生的山底，祈求狮子放过自己，狮子却置若罔闻。

当狮子咬着公牛时，公牛走投无路，他拚命地曳着狮子，一同掉入了山底，同归于尽。

狮子临死时悲叹道："我没有想到将公牛逼入死路，自己也步入了死地。"

其实，将别人逼入绝地，自己也往往会陷入了绝境！

10. 野兔与狐狸

有一次，一只野兔得了风寒病，便在太阳下晒太阳。狐狸看见这一幕，立即跑过去打招呼。谁知野兔一见狐狸，吓得赶紧躲进了洞穴中。

狐狸在洞口询问道："你刚才在太阳底下晒太阳，为何一见我却躲进了洞里呢？"

野兔在洞里回答道："我得了风寒病，才在太阳底下晒太阳，这是为了去掉病魔；我一见你就患了心魔，躲进洞里是为了去掉灾祸。"

心魔恶于病魔！

11. 狐狸与猿猴

狐狸一直瞧不起猿猴，认为猿猴尽管比自己高大，然而却极为笨拙。

有一天，狐狸不慎掉进了一个陷阱里，看见猿猴正站在陷阱旁边观望自己。

狐狸问道：“这个可怕的陷阱是你设的？”

猿猴说道：“是呀！你可上当受骗了。”

狐狸悲叹道：“我真没有想到笨拙的你也能设计出这可怕的阴谋，你表面看起来非常愚笨，实际上也相当狡猾。”

真人不露相，露相不真人！

12. 母狮与母兔

据说很久以前，母狮对幼狮从小就教育道：“孩子，你将来不管遇到什么事，都要沉着冷静，胆大心细，不畏一切，战胜一切，就能傲立于世。”

母兔对幼兔从小也教育道：“孩子，你将来不管遇到什么事，都要沉着冷静，谨小谨微，谨行谨言，耳听四方，眼观八方，才能生存于世。”

幼狮长大后成了百兽之王，幼兔长大后却成了机灵之王。

有什么样的教育，就会造就什么样的孩子！

13. 野驴与大象

一头野驴被一只豺狼追杀，野驴被咬得遍体鳞伤。正在野驴生命垂危之时，大象恰巧路过，救了野驴一命。

野驴对大象感激涕零道："恩师，等我的伤好了，我将为你寻找一个无忧无虑的美妙乐园。"

大象说道："算了吧！你总是生活在无穷无尽的苦海里，你首先为自己寻找一个无忧无虑的美妙乐园吧。"

要想为别人奉献美好，首先自己必须创造富有美好！

14. 白兔与黑熊

一只白兔初次见到一头黑熊，觉得黑熊憨厚温和。于是白兔兴高采烈地走到黑熊面前打招呼，却被黑熊捉住了。

白兔心惊胆战道："你看起来相当和善，为何却对我这样残忍呢？"

黑熊说道："你只能看到我的外表，不能透视我的内心。外表和善并非代表内心也和善。哈哈！你现在就做我的美味佳肴吧！"

黑熊说着便残忍吞食了可怜的白兔。

外表和善并非等于内心善良！

15. 狮子与胡狼

有一次，狮子遇到胡狼。

狮子对胡狼说道："朋友，让我们来签订一项平等友好的协议吧！从今以后，你只吃天上的东西，绝不吃地上的东西；我只吃地上的东西，绝不吃天上的东西。"

胡狼慑于狮子的淫威，毫不犹豫地在协议书上签字画押。

然而胡狼一离开狮子，便将那份协议书撕得粉碎，胡狼边撕边自言自语道："你这个可恶的家伙，我才不会履行这项霸道的协议呢。哈哈！现在就让你的协议见鬼去吧！"

不公正的处事往往无法令人心悦诚服！

16. 山羊与豺狼

一只山羊在山顶上吃草，看见山脚下一只豺狼，便朝豺狼丢石块，并且高声大骂豺狼。

豺狼高声大叫道："你这个讨厌的家伙，现在凭借着地势欺侮我；如果我们站在平等的位置上，你还敢对我这样趾高气扬地非礼吗？"

山羊兴高采烈道："你才是一个讨厌的家伙，你不是常常凭借着天生的力量欺侮我们吗？如果我们的力量比你强大，你还敢对我们非礼，还敢欺负我们吗？"

不平等的位置与势力往往造就强者与弱者！

17. 小猴子与小豹子

一只小猴子在树上看见一头小豹子，他对小豹子趾高气扬道：“我的祖先就生活在树上，他们站得高，看得远，造就了我们高贵的家族。你瞧，我现在比你站得高，就比你高贵。”

小豹子说道：“你能否到地上与我比试一番。”

小猴子说道：“我才不会这样傻，随随便便到地上来，让你轻而易举地将我吃掉。”

小豹子说道：“你即使具有高贵的身世，自己没什么本事，这有什么值得炫耀的呢？等下我就让你知道——我俩谁更高贵。”

小豹子说着便爬到树上吃掉了小猴子，随后小豹子哈哈大笑道：“现在你就到我的肚子里炫耀自己高贵的身世吧。”

祖宗的荣光并非值得炫耀，自己的才华才能引以自豪！

18. 发光树与放电树

在天堂里，一棵发光树遇见了一棵放电树。

发光树对放电树问道：“你为何叫放电树呢？”

放电树回答道：“我会放电，人们便叫我放电树。”

发光树感叹道：“你会放电，真是世上独一无二的奇树呀！”

放电树谦逊道：“我只不过会放电而已，其实不足为奇。”

发光树赞美道：“你正因为会放电这一奇特之能，就将成为世上非凡的奇树呀！”

随后，放电树对发光树问道：“你为何叫发光树呢？”

发光树回答道："顾名思义，我会发光，人们便叫我发光树。"

发光树感慨道："你会发光，真是世上独一无二的怪树呀！"

放电树谦虚道："我只不过会放电而已，其实也不足为奇。"

发光树赞叹道："你正因为会发光这一奇特之能，就将成为世上非凡的怪树呀！"

独特才非凡！

19. 猴子与袋鼠

猴子对袋鼠炫耀道："我善于模仿人的一举一动，形象逼真，是多么聪明机灵呀！"

袋鼠说道："你不管模仿人的举止行为是多么形象逼真，永远只能是一只猴子，永远也成不了人。你们猴子尽管是多么聪明机灵，也常常被人捕捉，成为人的玩物；可见你们猴子往往愚昧可笑。"

狂妄无知往往愚昧可笑！

20. 狐狸与苍鹰

一只狐狸捕杀了一只野兔，将野兔放到草丛中，就在旁边小解方便。一只苍鹰看见了，乘机叼着野兔飞到了树上。狐狸便向苍鹰讨要野兔。

苍鹰对狐狸说道："你如果能够猜出我将野兔藏到一个什么地方，谁都难以找到；我就将野兔归还给你。"

狐狸狡黠道："你将野兔吃到肚子里、藏匿到心里，谁都难以找到这只野兔了。"

苍鹰听了狐狸这番话，就将野兔还给了狐狸。

隐藏在内心的东西往往很难发现找到！

21. 狐狸与睡鼠

有一次，群兽聚会时，狐狸突然放了一个响屁，大家都满堂大笑不已。

狐狸自言自语道："谁都会放屁，放屁有什么大惊小怪、值得搞笑的呢？"

睡鼠说道："你自己常常说话象放屁一样不中用，大家其实在笑话你嘴巴说话像屁股放屁一样地臭。你在大家的心目中不仅是一只狡猾可笑的狐狸，而且是一只丑陋可恨的狐狸。"

说话不算数，不仅可笑，而且可恨！

22. 老虎与苍蝇

一只老虎吃饱喝足后躺在丛林中休息。一只苍蝇飞到老虎面前叫嚣道："你尽管是森林之王，我并不怕你。"

苍蝇说着更加疯狂地骚扰老虎，老虎却无动于衷。苍蝇更为高声叫喊道："你这个庞然大物，怎么心甘情愿地忍受侮辱呢？哈哈！我可以在你头上作威作福，你对我也无可奈何；你算什么森林之王，我才是真正的森林之王。"

老虎突然跃起，吓得苍蝇惊慌失措地逃走了。

随后老虎哈哈大笑道："你这个小丑，我能够忍受各种侮辱，消除各种侮辱，才能成为森林之王。"

忍者为王！

23. 小松鼠与母松鼠

松果成熟之时，一只小松鼠看见松树上结满了松果，他爬到松树上摘松果。然而小松鼠摘了多次，他都从松树上掉了下来。

小松鼠便向母松鼠诉苦道："妈妈，我努力摘了多次松果，结果摔得鼻青脸肿，都一无所获，我真是倒霉。"

母松鼠安慰道："孩子，不要灰心丧气，你再试一试，最倒霉的时候也许就是幸运降临的时候了。"

小松鼠听了母松鼠的话，又振作精神，爬到松树上摘松果，然而他又从松树上掉了下来。

小松鼠又向母松鼠诉苦道："妈妈，你瞧——我现在摔得头破血流，多么地惨呀！"

母松鼠说道："孩子，你现在仔细瞧瞧——你折断的枝叶上挂着很多美妙的松果，最倒霉的时候其实也是幸运降临的时候。"

最不幸的时候，也可能得到最幸运的东西！

24. 狐狸与泥猴

一只狐狸看见一只泥猴坐在树上。

狐狸对泥猴说道："泥猴先生，人们都说你非常聪明。你现在下来，我们俩个比试一番看谁更聪明。"

泥猴说道："当然你更聪明，我根本就不敢下来与你比聪明。"

狐狸说道："你这样聪明的泥猴，为何在我的面前就甘拜下风了呢？"

泥猴说道："你比我强大，我不得不服输。"

狐狸说道："那么你就是一只愚蠢的泥猴。"

泥猴说道："我宁愿做一只愚蠢的泥猴；也不会下来，做你的美味佳肴。"

泥猴说完这番话，再也不理睬狐狸，狐狸只好悻悻不悦地离开了。

在强者的面前，理智的服输往往是最明智的选择！

25. 寒鸦与狐狸

寒冬腊月，一只寒鸦在一棵树上冻得叫喊不已。

一只狐狸听见了，便对寒鸦说道："朋友，我一看见你痛苦的样子，相当同情你！你现在下来，我带你到一个温暖如春的山洞里；我会奉献给你爱心，奉献给你温暖。"

寒鸦说道："我心甘情愿地呆在这树上，承受痛苦与孤独，做一只自

由的鸟儿；也不会到那温暖如春的地方去做你的美味佳肴，丧失自己宝贵的生命。”

谨慎自安！

26. 响尾蛇与树袋熊

响尾蛇的尾巴被猎物咬伤了，便甜言蜜语地向树袋熊求救道：“慈仁的树袋熊，听说你是神医，敬请帮我疗疗伤、救救我吧！”

树袋熊说道：“心狠毒辣的响尾蛇，我不仅是一个神医，而且是一个神知。我如果帮你治病疗伤，想方设法救治了你，很快就会被你咬伤，也会很快死掉的，我决不会上当受骗，救治你这个忘恩负义的东西。”

树袋熊说着便悄悄地离开了。

明智才不会上当！

27. 斑豹与翠鸟

斑豹看见一只美丽的翠鸟与一只丑陋的燕子在一棵树上玩耍。

斑豹在树下对翠鸟说道：“你这样漂亮的翠鸟，怎么喜欢与那丑陋的燕子在一起呢？你下来与漂亮的我一起玩吧，我会带给你无穷的快乐。”

翠鸟说道：“燕子尽管丑陋，但他心地善良；你尽管外表漂亮，然而你心地残忍；我宁愿与丑陋善良的燕子在一起，也不愿与漂亮残忍的你在一起。哼！我如果下来，我带给你的是无穷的快乐，你带给我的是恐怖痛苦，我才不会相信你欺骗的鬼话呢。”

心灵美胜过外表美！

28. 虎猫与狮子

虎猫在树上看见狮子被一群豺狼追得仓惶逃窜，便对狮子面前嘲笑道："你是一个胆小鬼，竟然害怕弱小的豺狼，心甘情愿被豺狼欺辱，枉为百兽之王。"

狮子说道："我知道自己本事再大，也斗不过一群豺狼；忍得一时之辱，才能免得杀身之祸；正因为我明智，我才能称得上真正的百兽之王。"

量力而行，明智之道！

29. 两只鼹鼠

有两只鼹鼠，一只生活在深山老林的溪水旁边，长得肥大壮实，人们叫他胖鼹鼠；另一只生活在气势磅礴的江河旁边，长得瘦弱不堪，人们称他为瘦鼹鼠。

有一天，胖鼹鼠来到江河边，遇见了瘦鼹鼠。

胖鼹鼠问瘦鼹鼠道："朋友，你生活在这江河边，不愁吃喝，为何还这样地瘦弱不堪呢？"

瘦鼹鼠道："我在这里，尽管不愁吃喝；然而我每天听到惊涛骇浪，就心灵不安，根本就吃不好、睡不安。"

胖鼹鼠说道："我现在明白了富裕喧嚣不安的生活并非美好的生活。"

瘦鼹鼠问道："朋友，听说你生活在深山老林的溪水旁，你为何长得这样肥大壮实呢？"

胖鼹鼠说道："我生活深山老林的溪水旁，每天悠然自得，生活安宁，心宽神怡，自然就长得这样肥大壮实。"

胖鼹鼠说道："我现在知道了清心宁静安逸的生活才是美好的生活。"

富裕不安的生活并非美好，宁静安逸的生活才会美好！

30. 小驴与母驴

有一天，小驴与母驴一同在山上吃草。

突然，小驴问母驴道："妈妈，如果我们遇到危险，应该怎么办？"

母驴说道："你跟随妈妈一同往山下跑，就能化险为夷。"

小驴说道："我们为何不分开跑呢？"

母驴说道："我们分开跑，容易走散。"

小驴说道："我们为何不往山上跑呢？"

母驴说道："我们如果往山上跑，跑到山顶就会走投无路。"

小驴说道："妈妈，我觉得遇到危险应该随机应变，而不必墨守成规。"

正在他们说得起劲时，一只豺狼走了过来。

母驴立即叫小驴一同往山下跑，然而小驴却向山顶方向跑。

最终母驴被豺狼追杀，吃掉了。

而小驴却安然无恙。

随机应变才有出路，墨守成规就会陷入绝路！

31. 狮王与母狮

有一次，狮王对母狮夸夸其谈道："我们狮子是勇敢无畏的种族，我们天不怕、地不怕，无所畏惧。”

母狮说道：“尊敬的狮王，有一个东西既可恶、也可怕。”

狮王说道：“这是个什么样地神奇的东西呢？”

母狮说道：“他的名字叫病魔。”

狮王一听到病魔的名字，就心惊胆战道：“我天不怕、地不怕，就怕病魔缠身；病魔是世上最可恶、最可怕的敌人。”

病魔是生命最可恶、最可怕的敌人。

32. 狐狸与石雕

一天深夜，一只狐狸乘着夜色来到城市广场的动物石雕群中，他看见自己模样的石雕，欣喜若狂道：“瞧！我们狐狸家族是多么优秀，连人类都崇敬我们，将我们的美好形象雕刻在这里。”

随后狐狸看见大象的石雕，他冷嘲热讽道：“呵呵！原来你也在这里，你在这里显得多么地渺小。”

随后狐狸看见狮子的石雕，他相当厌恶鄙视道：“你这个丑恶的家伙，现在被人们雕刻在这里，你是多么地可鄙可恶。”

狐狸说着便用腿去踢狮子，他一边踢一边骂道：“瞧你这幅丑恶的形象，怎么有脸在世上活着。”

狐狸一脚不慎，将自己的一条腿踢折了，他痛苦地瘸着腿离开了——

世上有些人也是这样：往往喜欢抬高自己，贬低别人，结果往往致使自己蒙受倒霉不幸！

33. 虎王与豺狼

虎王登基时，豺狼抓了一只小白兔，向虎王献媚道：“尊敬的虎王，这是我奉献给你的最好东西，是最好的礼物，也是世上难得的最好食物。”

虎王说道：“这只小白兔，难道真的是世上难得的最好食物吗？”

豺狼笑容满面道：“虎王，你尝尝小白兔肉，就会感到他是世上难得的最好食物。”

虎王悖然大怒，猛地抓住了豺狼，凶残地咬死了豺狼。

虎王一边吃着豺狼肉，一边自言自语道：“我觉得你的肉比小白兔的肉更好吃，世上哪有最好的东西，只有更好的东西。”

从古至今，凡事都没有最好，只有更好！一言不慎，有时也会毁掉自己！

34. 两只刺猬

严寒的冬天里，两只刺猬想要相依取暖，一开始由于距离太近，他俩各自的刺将对方刺得鲜血淋漓，后来他俩调整了姿势，相互之间拉开了适当的距离，不但互相之间能够取暖，享受温暖温馨，而且很好地保护了对方，获得安逸美好。

有时，相互之间，保持适当的距离，会带来安逸美好！

第二卷　原野奇妙

★ 唯有成长，才能区分好坏优劣！

★ 恶恶相毁，毒毒相残！

★ 自信、勤劳、聪慧、执著、勇敢往往是成功的五大根基！自卑、懒惰、愚蠢、放弃、胆怯，常常是失败的五大根源！

★ 玩中丧志，毁灭自己！玩中有志，成就自己！

★ 心灵扭曲失落，往往会导致失足失败的厄运！

★ 千万别让强盗来裁决是非公道！

★ 每个人成功之道不同，成功的方式也不同，成功的内容也会不同，成功的标志也会不同。

35. 小草与麦子

小草与麦子生活在一块麦地里，他俩长得极相为相似。

小草对麦子说道："我和你长得一模一样，我们做一个朋友吧。"

麦子说道："我是麦子，你是小草，你我迥然不同，怎么能够做朋友呢？"

小草说道："你别这样清高，你与我其实一样也是一棵小草。"

这时主人来了，他看见小草与麦子便情不自禁地感叹道："我的麦子长得与草儿一样青绿，真是美妙极了。"

主人走后，小草对麦子说道："人都说你与我一模一样，你与我有什么不同呢？"

麦子说道："我比你有用。"

小草说道："你别在这儿说大话了，我们都是无用之草。"

麦子说道："不信，你就等着瞧吧！"

麦子随后默默地发奋努力茁壮成长，不久他就长得比小草高大多了。

主人再次来到这块麦地，他看见小草气愤道："可恶无用的小草，你怎么长到我的麦地里来了呢？"

主人毫不留情地拔掉了小草。

主人走后，麦子对小草感慨万端道："成长，才能区分我们的好坏优劣！现在你可明白了——你是无用的小草，我是有用的麦子。"

唯有成长，才能区分好坏优劣！

36. 桂花树与苹果树

有一天，一棵桂花树看见苹果树上结满了累累硕果，他便对苹果树说道："朋友，我真羡慕你成功的结果。"

苹果树说道："朋友，你不必羡慕我。你只要默默地勤奋努力，也会有成功的结果。"

桂花树说道："我只会开出美丽的花儿，不会结果。"

苹果树说道："你开出美丽的花儿，四处飘香，就是一种成功的结果，也是成功的标志。"

每个人成功之道不同，成功的方式也不同，成功的内容也会不同，成功的标志也会不同。

37. 野驴与山羊

一头野驴与一只山羊一同在山林中吃草。

突然，野驴看见一个深深的山洞里有一头狮子正在苦苦挣扎，野驴立即告诉山羊——狮子被他打到山洞里去了。

山羊根本就不相信野驴的话，野驴便带着山羊来到那个山洞面前。

野驴对山羊趾高气扬道："你现在看清楚了吗？狮子确实被我打到山洞里了，等一会我还要用石头打死他。"

山羊说道："狮子如果不是落难在洞里，而是就在你的面前；你敢与他争斗，我就相信你绝对是个英雄！"

欺凌落难的强者算不上勇士！

38. 赐福树与面包树

在天堂里，一棵赐福树与一棵面色树同时接受上帝赐予的荣誉称号。

面包树对赐福树问道："朋友，你怎么来到了天堂呢？上帝为何赐你为赐福树呢？"

赐福树回答道："我原来生活在撒哈拉大沙漠，那个地方环境恶劣，然而我顽强努力，全心全意、无偿无私地向世界创造奉献美好绝伦的果实。有一天，上帝得知我的情况，被我的创造奉献精神所感动，于是将我召唤到了这美妙的天堂，赐封我‘赐福树’的荣誉称号。”

面包树感叹道：“你顽强努力，创造奉献，精神感动上帝，在哪里都能得到上帝的青睐，你无愧于‘赐福树’的荣誉称号！”

赐福树问道：“朋友，你为何叫面包树呢？你怎么也来到了天堂呢？”

面包树回答道：“我原来生活在南美洲，承蒙天地的关爱，生活极为美好，我时时感怀天地的厚爱之恩，总是一心一意、尽心尽力地向天地创造奉献美好的面包果实。有一天，上帝看见我创造奉献美好的果实，便把我带到了这美妙的天堂，赐封我‘面包树’的荣誉称号。”

赐福树赞叹道：“你总是知恩图报，创造奉献，美德感动上帝，完全应当得到上帝的青睐，你也无愧于‘面包树’的荣誉称号！”

创造永生！奉献永名！精神永远！美德永恒！

39. 失败树与成功树

据说很久以前，在一座圣山上，长着一棵失败树与一棵成功树。

有一次，失败树看见成功树枝叶繁茂青翠，便好奇地向成功树问道：“朋友，你为何这样枝叶繁茂青翠，呈现出成功的美好形象呢？”

成功树回答道：“我身上具有自信、勤劳、聪慧、执著、勇敢五根粗壮的根茎，他们善于不断地汲取天地人间的养料，不断地完善自己，不断地充实生命的营养，不断地茁壮成长，造就了我枝叶繁茂青翠，使我呈现出成功的美好形象。”

随后，成功树看见失败之树枝叶稀零枯黄，也好奇地向失败树问道：“朋友，你为何这样枝叶稀零枯黄，显露出失败的丑陋形象呢？”

失败树回答道："我身上具有自卑、懒惰、愚蠢、放弃、胆怯五根孱弱的劣根，他们不善于汲取天地人间的养料，不善于完善自己。我由于缺乏生长的营养，身体不断地萎缩衰落，导致了我枝叶稀零枯黄，致使我总是显露出失败的丑陋形象。"

自信、勤劳、聪慧、执著、勇敢往往是成功的五大根基！自卑、懒惰、愚蠢、放弃、胆怯，常常是失败的五大根源！

40. 骨头与骨气

一只野兔遇到一条蚯蚓。

蚯蚓对野兔问道："你为何能站立，而我却永远只能爬着呢？"

野兔说道："因为我有骨头，我就能站立；而你没有骨头，所以你只能爬行。"

随后这只野兔遇到一条小蛇。

小蛇对野兔问道："我与你一样有骨头，你为何却能站立，而我却只能爬着呢？"

野兔说道："因为我有骨气，我就能站立；而你没有骨气，所以你只能爬行。"

没有骨头与骨气的动物难以站立世间，没有脊骨与骨气的人难以傲立人间！

41. 牛仔与奶牛

一头牛仔正在吃一头奶牛的奶。

当牛仔吃饱喝足后，他对奶牛说道："妈妈，你真好。"

奶牛说道："我并非你的亲妈。"

牛仔说道："有奶就是妈，你就是我的亲妈"

奶牛说道："世上有很多人吃我们的奶，却没有谁叫我们一声妈。"

牛仔说道："世上有很忘恩负义的人，他们还不如我们有情有义。"

确实，世上有很多人，还不如牲畜，会知恩感恩！

42. 驴与马

有一天，一头驴与一匹马在山林中吃草。

驴对马诉苦道："我以前总是跑不快，总是被主人揍。我现在被主人放到磨坊里拉磨。我就吸取教训，在磨坊里走得飞快，结果还是挨揍，我真是倒霉极了。"

马问道："这是为什么呢？"

驴说道："我常常因为走得快，将磨的面粉撒得满地都是，我有时也不知道自己为何总是这样倒霉不幸呢？"

马说道："你如果不改变完善自己愚蠢的头脑，你就将永远生活在倒霉不幸中。"

愚昧常常是生活不幸的根源！

43. 种子与小树

一粒种子不幸被风吹落到一处悬崖峭壁上。

种子为此悲叹哭泣道："我被带到这悬崖绝壁中，真是不幸。"

一棵小树听到了种子的哭泣声，问道："可爱的种子，你是否具有一颗坚强的心呢？"

种子回答道："我内心就蕴藏着一坚强的心。"

小树说道："可爱的种子，那么你就不必哭泣。只要你具有一颗顽强的心，即使在这不幸的境地，也能发芽生长，也能开花结果，也能造就自己壮丽的一生。”

只要你具有一颗顽强的心，即使在不幸之境，亦能发芽生长，亦能开花结果，也就造就壮丽一生。

44. 猴子与松鼠

一只猴子与一只松鼠生活在同一棵大树上，他俩在树上的跳跃技能天生都非常高，也是相当好的朋友。

猴子常常在两棵树间跳来跳去，来去自如，常常令松鼠敬佩不已。

有一次，猴子看见前面一棵树上有很多果子，他立即跳过去采摘，然而却不幸坠落到地上，摔成了重伤。

松鼠见到此情景，下到地上问道：“好朋友，你平时能轻而易举地跳到那棵树上，为何今天却失足坠落到地上，摔成重伤呢？”

猴子痛苦悲叹道：“唉！我看见那些诱惑的果子，心中只想着果子，扭曲了自己的心灵，结果才失足坠落到地上，导致自己痛苦的悲剧。”

心灵扭曲失落，往往会导致失足失败的厄运！

45. 蝎子与蜘蛛

一只蝎子捕获了一只蜘蛛。

当蝎子准备吞食蜘蛛时，蜘蛛咬了蝎子一口，蝎子吃掉蜘蛛后也中毒身亡。

蝎子临死时悲叹道：“我真没有想到我的心歹毒，你的心同样也相当恶毒；我吃了你，你也毁了我。”

恶恶相毁，毒毒相残！

46. 爬山虎与小松树

两根爬山虎沿着悬崖陡壁爬到了一棵小松树面前。

小松树对他俩问道：“你们从山底攀登到这里，一定很辛苦吗？”

两根爬山虎不约而同地回答道：“当然辛苦呀！”

小松树：“你们为何要辛苦地折磨自己呢？”

一根爬山虎说道：“这是为了生活。”

另根根爬山虎说道：“我为了与同伴攀比，看谁能爬得更高，逼得自己不得不辛苦努力呀！”

生活与攀比，往往会逼迫我们辛苦努力！

47. 骆驼与朋友

骆驼穿越沙漠后，骆驼的朋友都向他表示祝贺。

野马对骆驼建议道：“朋友，你在沙漠里生活太辛苦了，你到草原上来与我一起来生活吧。”

骆驼说道：“好朋友，谢谢你了，让我考虑一下吧。”

野驴对骆驼建议道：“朋友，你在沙漠里生活太艰辛了，你到森林里来与我一起来生活吧。”

骆驼说道：“好朋友，谢谢你了，让我考虑一下吧。”

野牛对骆驼建议道：“朋友，你在沙漠里生活太艰苦了，你到田园里来与我一起来生活吧。”

骆驼说道：“好朋友，谢谢你了，让我考虑一下吧。”

骆驼所有的朋友都建议他与他们一同生活，他都回答道：“好朋友，谢谢你了，让我考虑一下吧。”

然而骆驼依然在沙漠里生活。

不久，骆驼再次与自己所有的朋友相聚，他所有的朋友异口同声地问道：“朋友，你不采纳我们的建议，为何你当时不拒绝我们呢？”

骆驼说道：“你们都是我的好朋友，你们的建议都是为我好；可我无法离开沙漠，我只有生活在沙漠里，才能找到自己的快乐；我不能采纳你们的建议，也无法拒绝你们的真诚；所以我当时不能拒绝你们的一番好意，不能让你们扫兴。”

你可以不采纳别人的建议，但不能拒绝别人的真诚！

48. 驴子与猴子

一头驴子向树上的一只猴子诉苦道："朋友，大家总是说我们驴子愚蠢，我真的感到相当痛苦烦恼。"

猴子安慰道："朋友，走自己的路，任大家去说吧！你就当没有听见大家的议论罢了，就不会痛苦烦恼了。"

驴子沮丧道："我们驴子其实比狐狸还要狡猾，比人还要聪明；是世上最聪慧的生灵，可是大家总是误解我们，我真的想不通。"

猴子直言不讳道："你们驴子比狐狸还要狡猾，为何总是在狐狸面前上当受骗，成为狐狸的口中之食呢？你们驴子比人还要聪明，为何总是被人所奴役呢？可怜的朋友，你们应该好好地反思一下自己——不能正确地认识自己，才是自己的一大悲剧。"

不能正确地认识自己，乃是人生的一大悲剧！

49. 家猪与猎狗

家猪常对猎狗羡慕道："你总是受到主人的宠爱，我却总是受到主人的冷落；你吃的是大鱼大肉，我却吃的是稀烂食物；你的生活是多么美好幸福，我的生活是多么倒霉不幸。"

有一次，家猪看见猎狗一拐一拐地流着血朝自己走过来，他便询问猎狗受伤的原由。猎狗告诉家猪——自己在为主人追捕猎物时，腿被那凶狠的猎物咬了一口。

家猪感慨道："我现在再也不羡慕你了，原来你美好幸福的一切都付出艰辛的努力与巨大的代价才获得的。"

所有的美好都必须付出艰辛努力，所有的幸福都必须付出巨大的代价！

50. 野驴与野牛

野驴常常被豺狼追杀欺凌，极为苦恼，他准备到森林之王老虎哪里求助。

在路上，野驴遇到野牛，便告诉野牛自己的想法。

野牛对野驴奉劝道："老虎是一个恶魔，你到他哪里求助，不是自找死路吗？"

野驴听不进野牛的忠告，结果被老虎吃掉了。

向坏人求助，往往是自投罗网！

51. 瘦树与壮树

一棵瘦树与一棵壮树一同出生，一同生长；然而瘦树长得瘦弱细长，壮树却长得高大粗壮。

瘦树便向壮树请教道："我们一同出生，一同生长，为何我长得瘦弱细长，你却长得高大粗壮呢？"

壮树反问道："你是怎样生长的呢？"

瘦树回答道："我从小就好强，渴望比谁都长得高大，就可以遮盖其他树的阳光，充分地吸收享受阳光，我就拚命地往上生长；然而事与愿违，我越长越瘦，越长越孱弱。"

壮树说道："原来你的心胸狭窄，怪不得你越长，天地就越窄，越长越瘦，越长越孱弱。我与你不同，我心胸开阔，我希望与大家一样地充分吸收享受美好的阳光，我越长，天地就宽阔，越长越壮，越长越高大。"

心胸宽阔天地宽，心胸狭窄天地窄！

52. 幼驴与母驴

幼驴问母驴："妈妈，谁是世上最快乐的生灵？"

母驴回答道："人类是世上最快乐的生灵。"

幼驴问道："人类为什么是世上最快乐的生灵？"

母驴回答道："人类会思想，思想闪烁着快乐之光。"

幼驴问母驴："妈妈，谁是世上最痛苦的生灵？"

母驴回答道："人类是世上最痛苦的生灵。"

幼驴问道："人类为什么是世上最痛苦的生灵？"

母驴回答道："人类会思想，思想蕴含痛苦之灵。"

幼驴问道："为什么思想既能使人类成为世上最痛苦的生灵，又能使人类成为世上最快乐的生灵呢？"

母驴回答道："思想既能使人类胡思乱想、异想天开，人类因此常陷入痛苦的深渊；思想又能使人类富有智慧、富有创造，人类常常能创造一个美妙快乐的世界。"

思想之苦痛，往往会产生创造之快乐！

53. 草种与树种

一粒草种与一粒树种被风吹到悬崖峭壁上。

草种瞧着悬崖石壁，心惊胆战地绝望道："完了，我的一切都完了。"

不久，草种就死掉了。

树种看着悬崖峭壁，坚强不屈地希望道："风将我带到这困境之地，我一定要充满希望地活着，一定能够创造生命的奇迹。”

于是树种顽强地从石缝中抽出嫩芽，长出绿叶，以后长成了一棵大树。

绝境中，强者坚强的意志，往往能够创造生命的奇迹；弱者胆怯的心灵，常常造就生命的悲剧！

54. 无名草与无名花

一个荒无人烟的地方生长着一棵无名草与一株无名花。

有一天，无名草对无名花说道：“我是一棵无名草，你是一株无名花，我们生长在这荒无人烟的荒原，默默无闻，没有谁知晓我们、珍爱我们，我们是多么地可怜不幸。”

无名花说道：“我们生长在这里，的确默默无闻，没有谁知晓、珍爱我们；可也没有谁来打扰我们、残害我们；只要自己珍爱自己，生活也是多么地美妙，我们也是多么地幸运。”

不幸也其幸，不妙也其妙！

55. 毒蛇与松鼠

一条毒蛇对树上的一只松鼠邀请道：“朋友，下来吧！我将拥抱你，给予你友情。”

松鼠问道：“然后呢？”

毒蛇说道：“然后我将亲吻你，给予你爱情。”

松鼠说道：“我畏惧你的友情，难以承受你的友情；我害怕你的爱情，难以承受你的爱情。”

毒蛇说道：“我对你的友爱是真心的。”

松鼠说道："我畏惧害怕的就是你内心的友爱。"

毒蛇问道："这是为什么呢？"

松鼠回答道："你内心的友爱会毒死我呀！"

最毒往往在内心！

56. 蚕虫与蜘蛛

在一棵蚕树上，蚕虫看见蜘蛛在认真仔细地吐丝结网，他对蜘蛛嘲讽道："你这个傻瓜，做事何必这样认真呢？累了自己，苦了自己。"

蜘蛛一声不吭地默默地结网。蚕虫爬到蜘蛛面前大叫大嚷道："笨蛋，你瞧我随随便便地吐一口口水，就能变成漂亮的细丝；而你一丝不苟地结的网丑陋极了，有什么用呢？"

蚕虫边说边朝蜘蛛的蛛网猛吐唾液，谁知他不知不觉地就被蜘蛛的蛛网网住了。

蜘蛛哈哈大笑道："你这个讨厌的家伙，现在谁是傻瓜、谁是笨蛋，

你应该知道了吗？我一丝不苟地结的网有什么用，你应该明白了吗？随随便便做事的恶果是什么，你应该清楚了吗？哈哈！可惜你知道也太晚了。”

蜘蛛说着便吞食了蚕虫。

马马虎虎、随随便便，往往会毁了自己！严谨细致、一丝不苟，常常能成就自己！

57. 名花与奇花

有一种世上极为有名的花，他的花开放得极为美丽，人们都称他为名花。

有一种世上极为奇特的花，他的花开放得不同寻常，人们都称他为奇花。

这两种花生长在同一个地方，可是每当开花季节，观赏喜爱奇花的人总是胜过观赏喜爱名花的人。

有一天，名花对奇花困惑道：“我是名花，你只是奇花，为何观赏喜爱你的人却胜过观赏喜爱我的人呢”

奇花说道：“你尽管是名花，然而你总是开着相同的花，久而久之，人们看厌了你；我的确只是奇花，然而我总是开着不同寻常、与众不同的花，富有新意，具有永恒的魅力，所以观赏喜爱我的人胜过观赏喜爱你的人。”

创新独特才具有永恒的魅力！

58. 牛犊与母牛

牛犊问母牛：“妈妈，幸福在哪里？”

母牛回答道：“就在你的身边，就在你的心中。”

牛犊问道：“为何我却看不见呢？”

母牛说道：“孩子，你现在到妈妈怀里来吃点奶。”

牛犊便躺在母牛的怀抱里，美滋滋地吸吮甘甜的乳汁。

母牛问道："你现在觉得幸福不？"

牛犊回答道："我在妈妈的怀里感到好幸福。"

母牛问道："你看见幸福了吗？"

牛犊回答道："妈妈，我依然看不见幸福，但我内心感到自己现在好幸福。"

母牛说道："孩子，幸福永远在你的身边，永远在你的心中；你是永远看不到他的，但他确实存在，你只能用心去感受、体会，幸福永远是一种心灵温馨美好的感受。"

幸福永远在我们的身边，永远在我们的心中，永远是一种心灵温馨美好的感受！

59. 小老鼠与大老鼠

一只出世不久的小老鼠，独自悄悄地到外面活动，结果他遍体鳞伤回到洞里。一群大老鼠看见了这情景，便询问原由。

小老鼠说道："你们知道猫会吃老鼠吗？"

大老鼠们异口同声道："猫会吃老鼠，这是常识，谁都知道。"

小老鼠叹息道："唉！我刚才就是因为不知道猫会吃老鼠这个常识，竟然想与一只小猫交朋友，才导致自己遍体鳞伤的恶果，差一点连小命都丢掉了，现在我经历这个血的教训，才明白了猫会吃老鼠这个道理。"

错误往往源于无知，恶果常常源于愚昧！

60. 花树与果树

一棵果树看见一棵花树正在悲伤流泪，便向花树问道："朋友，你为何而悲伤呢？"

花树回答道："朋友，你既能开花又能结果，一生都富有成果，一生是多么美妙；而我总是只开花不结果，为此而悲伤。"

果树问道："你美丽的花香不是也能带给天地世间美好吗？"

花树回答道："可我只能花开一时，芳香一时，带给世间的只是一时的美好。"

果树说道："你奉献带给世间的尽管只是一时的美好芳香，然而留给世间的是永恒的美好形象，这也是一种美好的结果。朋友，只要你能够留给天地世间永恒的美好记忆，就富有成果，你的美好就必将永恒。"

美好的东西必存美好的结果！

61. 野猫与野兔

很久以前，野猫与野兔居住在一起，常常遭受猛兽的追杀，他们为此向上帝诉苦。

上帝来到他们的面前，对他们说道："我有一个办法，可以使你们免遭猛兽的追杀。"

野猫与野兔不约而同地问道："什么办法呢？"

上帝说道："你们只要能够爬到树上，就能免遭猛兽的追杀，但你们在爬树的过程，有可能从树上掉下来摔死。"

野兔一听，立即离开了。野猫却尝试着，他最终爬上了树。

上帝随后默默道："胆怯的兔子，你只要试试，其实也可以爬上树，可惜你连尝试一下的勇气都没有，你将永远过着可怜的生活。勇敢的野猫，你敢于尝试，成功地爬上了树，你将拥有美好的明天。"

尝试，就有希望；尝试，才能成功！

62. 桑叶与蚕虫

一片桑叶极为羡慕他的姐妹变成了美丽的丝绸，便请求蚕虫将自己也变成漂亮的丝绸。蚕虫于是就拚命地嘶咬桑叶，将桑叶咬得支离破碎。

桑叶泪流满面地向蚕虫哭泣道：“我想变为漂亮的丝绸，你为何要这样残酷地嘶咬我，将我咬得丑陋不堪呢？”

蚕虫说道：“可爱的桑叶呀！我如果不残酷地嘶咬你，你怎能脱胎换骨变成美妙无比的丝绸呢？我将你现在咬得丑陋不堪，就是为了使你的未来亮丽无比呀！”

生活的残酷地折磨，往往会成就完美人生！

63. 毛虫与苹果

一只毛虫在地上看见一棵苹果树上结满了漂亮的苹果，他神思妙想着——如果那可爱的苹果能够自然而然地掉到我的面前该有多美，我将美美地品尝苹果的美味。

正在毛虫胡思乱想之际，一个熟透了苹果从树上掉了下来，恰巧落到毛虫的身上，将毛虫砸得粉身碎骨。

毛虫临死时悲叹道：“唉！谁要胡思乱想、轻而易举地得到美妙的东西，谁就会象我一样毁掉自己。”

谁幻想不劳而获得到美好的东西，往往会害了自己！

64. 孢子与种子

孢子对种子羡慕道："你是众所周知的有名种子，我却是默默无闻的无名孢子，我羡慕敬仰你呀！"

种子问道："你是否充满生活的激情、富有生命的活力呢？"

孢子回答道："我一来到世上，就充满着生活的激情，富有生命的活力。"

种子回答道："可爱的孢子呀！那么你就不必羡慕我，只要你永远充满生活的激情，富有生命的活力，终有一天你就会成为有名的种子，终将有成功辉煌的一天。"

富有生活的激情与活力，必将造就成功与辉煌！

65. 野驴与野马

一头野驴邀请一匹野马一同到一处新的地方去寻找食物。

他俩不知不觉来到一片大沙漠，瞧着一望无际的沙漠，野马自责道："我怎么这样地没有头脑，懵懵懂懂就来到了这荒无人烟的沙漠。"

野驴却对着沙漠埋怨道："你这可恶的沙漠，为何不长一点青草呢？"

野马对野驴奉劝道："朋友，我们还是赶紧离开这片沙漠吧。"

野驴却听不进野马的奉劝，他执意要到沙漠里寻找食物，最后惨死在沙漠里。

野马只好独自离开了沙漠，最终在另外一片草地里找到了美好的食物，圆满地度过了自己美好的一生。

聪者总是反思自己、完善自己，成就自己！愚者总是怨怪别人，固执己见，毁了自己！

66. 狐狸与毒蛇

一只狐狸遇到一条毒蛇，他立即驻足不前。毒蛇伸出舌头，双目聚精会神地注视着狐狸。

狐狸狡黠地问道："你为何对我这样高度紧张呢？"

毒蛇说道："我害怕你耍阴谋诡计。"

狐狸说道："我其实也害怕你致命的毒汁。"

狐狸说着，便悄悄地离开了。

毒蛇望着狐狸远去的背影说道："我如果没有毒汁这一绝技，早就成了你这只狡猾的狐狸口中之食了。"

拥有绝技实力，不仅能成全你，而且能保护你。

67. 蜘蛛与昆虫

蜘蛛看见昆虫正在玩耍。

蜘蛛走近昆虫面前说道："朋友，我们来比试一下谁更会玩，好吗？"

昆虫兴高采烈道："我最喜欢玩了，你不一定比我会玩。"

蜘蛛说道："我们现在比试玩一个新鲜的门堂。"

昆虫喜气洋洋地问道："玩一个什么样的新鲜门堂呢？"

蜘蛛问道："你会屙屎吗？"

昆虫回答道："我天天都要屙屎，屙屎谁不会呢？"

蜘蛛说道："我们就玩屙屎这个游戏，看谁屙屎能够屙出一个奇迹。"

昆虫问道："屙屎能够屙出什么奇迹呢？"

蜘蛛说道："等比赛结果出来，你就知道了。"

于是蜘蛛就与昆虫开始了屙屎比赛。昆虫张开肛门，不久就屙出屎来，他一边屙屎，一边想着屙屎到底能够屙出什么样地奇迹来？

蜘蛛也张开肛门，不久他就屙出很多分泌粘液出来，这种粘液一遇空气即可凝成很细的丝，结成了蜘蛛网。

蜘蛛对昆虫说道："你瞧——我屙屎是不是屙出一个奇迹来了？"

昆虫走近蜘蛛网，立即被蜘蛛网网住了。

蜘蛛说道："愚蠢的昆虫呀！你现在能够明白谁更会玩了吗？你玩中丧志，我玩中有志，你现在不仅成了我的玩物，而且马上就将成为我的食物，这可是一个绝妙的新鲜门堂哦！可惜你明白也晚了。"

蜘蛛说完这番话，便吃掉了昆虫。

玩中丧志，毁灭自己！玩中有志，成就自己！

68. 野花与大树

一株野花与一棵大树一同生活在深山老林中。

野花开放之时，有个山民看见了他，便采撷了这株野花。野花临死时对大树传言道："朋友，我是一株小小的野花，生命比你短暂，才华也不如你，价值更不如你，然而我能够带给世界美妙独特的芳香，能得到人的赏识，充分展示自己的美好，我感到自己相当幸运。"

大树最终也死掉了，他临死时悲叹道："我身为一棵大树，默默无闻地积蓄自己的才华，渴望能得到世上的赏识重用，然而我始终怀才不遇，不久就将成为一棵干枯的木柴，我今生真是不幸可悲。"

物尽其用，生之绝美！怀才不遇，生之可悲！

69. 鸡与鸭

有一次，一只鸡与一只鸭在一起戏谑。

鸡向鸭诉说道："我的眼睛看见谁比我强，就嫉妒谁。"

鸭说道："所以你的眼睛是鸡眼。"

鸡说道："我根本容不得谁背后说我的坏话。"

鸭说道："也难为你是小肚鸡肠了。"

鸡说道："人们非常器重我，连杀猴都请我观赏"

鸭说道："那是为了杀一儆百呀！"

鸡问道："你是敬佩我还是挖苦我、是赞美我还是嘲讽我呢？"

鸭反问道："你怎么想的呢？"

鸡说道："我比你聪明能干，你一定是敬佩我、赞美我。"

鸭马上摇摆着身子离开了——

无知者往往认为自己是聪明者，就是不知道自己其实是可笑的傻瓜！

70. 老鼠与鼠王

一只小老鼠被人所设铁夹子夹断了尾巴，非常痛苦。

然而，这只小老鼠一遇到他的同伴，同伴们就询问他的尾巴怎么断的，小老鼠总是支支吾吾，感到更加痛苦不堪。

不久，这只小老鼠就痛苦地死掉了。

众老鼠认为小老鼠的死是由于其尾巴断了原因而造成的，鼠王却当着众老鼠的面说道："小老鼠的死，是你们大家所造成。"

众老鼠都为此而感到困惑不解。

鼠王说道："小老鼠断了尾巴，已经受到了很重的伤害；可你们总是追问他的尾巴怎么断的，总是在揭他的伤疤，加重他的痛苦，给他造成了越来越大的伤害，最终导致他痛苦而死。"

揭人伤疤，会使受伤者受到更大的伤害！

71. 小狗与母狗

冬天里，一只小狗清晨就出外寻找幸福，他找来找去，寻找了一整天，累得精疲力竭，也没有找到幸福。

傍晚，当他拖着疲倦的身躯，投入母狗的怀抱时；他发现自己偎依在母亲怀抱，是多么地幸福无比呀！

小狗对母狗情真意切地说道："亲爱的妈妈，我刻意在外面寻找了一天幸福，也没有找到他；我现在躺在你怀抱，心里感到好幸福呀！"

母狗说道："亲爱的宝贝，幸福其实往往不在于寻找，而在于用心去感受。"

幸福往往不在于寻找，而在于用心感受！

第三卷　水域浪花

★自负与自卑都会导致生活的可悲不幸！

★艰辛造就英才，安逸造就平庸

★当你达到人生的顶点，一着不慎往往会毁了自己！

★将别人逼入绝境，自己往往也容易陷入绝境！

★与坏蛋交朋友，往往会给自己带来痛苦不幸！

★懒惰造就懒虫，勤奋造就神龙！

72. 青蛙与蛤蟆

一只青蛙与一只蛤蟆结婚时，青蛙对蛤蟆说道："我原来总认为自己是青蛙王子，非漂亮的新娘不娶。谁知挑三拣四，最终只能找了你这个癞蛤蟆做新娘，我一生真是可悲。"

蛤蟆说道："我原来总是瞧不起自己，害怕恋爱结婚。等到自己生老珠黄，遇到你向我求婚时，我庆幸自己遇到了自己生命的靠山；现在我才明白与你在一起，自己遇到了倒霉的霉山，我一生也真是不幸呀！"

第二天，青蛙就与蛤蟆分道扬镳了。

自负与自卑都会导致生活的可悲不幸！

73. 蛇与龙

很久以前，蛇羡慕龙的美名，他便想拜龙为师，期望像龙那样具有风雨雷电般的力量与腾云驾雾的本领。

龙带着蛇来到一个深洞里，此洞又大又宽，远处有一条极深不可测的河流。

龙全身潜入深水中，一会儿又浮出水面；龙在空中一会儿来回飞跃，一会儿在空中翻腾不已。龙练得筋疲力尽。

龙随后对蛇说：“你每天像我这样勤练苦功，不久也就会成为一条龙。”

蛇在水中挣扎了一会，感到苦不堪言，他对龙说道：“我现在才明白你的光荣美名都是依靠艰辛努力才获得的；我宁愿做一条安逸、平庸的蛇，再也不愿做一条艰辛、光荣的龙了。”

蛇说着便悄悄地溜走了——

艰辛造就英才，安逸造就平庸！

74. 虫与龙

传说很久以前，虫与龙是造物主创造的两条孪生的虫。

虫一来到世，好吃懒做，他吃了就睡，醒了又吃，成了一条可怜的懒虫。

而龙一来到世，勤奋好学，他每天勤练本领，多年后成了一条能够腾云驾雾的神龙。

造物主为此感叹道：“好吃懒做造就了懒虫，勤奋好学成就了神龙。

唉！同样的生灵，不同生活，造就不同的生命。”

懒惰造就懒虫，勤奋造就神龙！

75. 大鱼与小鱼

大鱼常常对小鱼忠告道：“我告诉你一条警世明理：有很多美好的鱼饵其实是致命的食物，你千万不可咬吃。”

有一天，大鱼看见水中有很多美好的鱼饵，早已忘却了警世明理；他便不顾一切地咬食，结果被渔夫钓走了。

小鱼看见大鱼吞食那美妙的鱼饵，他根本就不相信大鱼的良言忠告，也奋不顾身地去咬吃，同样也被渔夫钓走了。

诱惑贪婪往往抛弃警世明理，结果常常毁了自己！

76. 乌龟与泥鳅

从前，一只乌龟与一条泥鳅生活在一口小山塘中。

乌龟对泥鳅说："朋友，我们一起到陆地上学一种生存的技能，这样我们的生活更加安全。"

泥鳅说道："我们在这山塘里，生活是多么安逸，何必冒险去陆地上学习生存技能呢。"

乌龟只好独自到陆地上学习生存技能。

不久，山塘因遭受大旱而干涸了，泥鳅因无法生存而死亡；乌龟因为具有陆地生活的技能，他照样生活得相当幸福。

多一种本领，便多一种生存的保障！

77. 蚊子与青蛙

蚊子请求与青蛙交朋友。青蛙问蚊子交朋友有何好处，蚊子说多个朋友多条路、交个朋友好处多。于是青蛙便答应与蚊子交朋友。

一天晚上，蚊子腑在青蛙身上吸血，咬得青蛙痛苦不堪。

青蛙痛叫道："原来与你这个吸血鬼交朋友，只会给我带来痛苦不幸。"

与坏蛋交朋友，往往会给自己带来痛苦不幸！

78. 老虎与鲸鱼

一只老虎在海岸旁散步，看见海岸边有一条鲸鱼在水面上游弋。

老虎对鲸鱼招呼道："朋友，我是森林之王，统治着森林；你是水中之王，统治着海洋；我们俩个如果联合起来，便可以成为王者之王，我们的生活就将是多么地完美。"

鲸鱼说道："你到水中来，不会游泳，就将成为水中死虎；我到陆地来，无法生存，就将成为陆地死鱼。造物主对我俩已是非常关爱了，我们只能在各自的领域发挥自己的聪明才智，就能拥有美好的生活；如果我们痴心妄想——成为完美无缺之王，就将毁了自己。"

贪求完美无缺，往往会毁了自己！

79. 小青蛙与公青蛙

小青蛙对公青蛙问道："爸爸，虫子既为害森林，又为害庄稼，造物主创造虫子这样的害虫有什么好处呢？"

公青蛙回答道："孩子，虫子尽管为害森林、为害庄稼，是一个地地道道的坏东西；但对于我们来说却是个好东西，是我们的美味佳肴。没有虫子，我们就会缺乏食物，就会在世上灭绝。造物主创造的每个生灵其实都有其害处，亦有其益处，害亦有益。"

害亦有益！益亦有弊！

80. 渔夫与海豚

一位渔夫出海打渔，突然遇到大风大浪，他的渔船被风浪打翻沉入海底，渔夫在大海里苦苦挣扎。

这时有条海豚看见渔夫遇险，立即朝着渔夫的方向游过去，他千方百计将渔夫救到了海岸。

渔夫脱险后深为感动地对海豚说道："可爱的海豚，我真心地感谢

你！我遭此大难，承蒙你全心全意地施救，才化险为夷。朋友，需要我为你做点什么吗？我今生今世都将报答你的大恩大德。”

海豚说道：“救助遇险的生灵是我天生的本性，遇险者被我施救不计其数，我从来没有要求谁来报答我。幸运的朋友，谨祝你平平安安。”

海豚说完这番话，便头也不回地游进深深的大海。

从此渔夫在海上见到海豚，便将最美的食物抛向海豚，并且深情地望着海豚肃然起敬。

无私真高尚，无私最可敬！

81. 狮子与鲨鱼

狮子在海岸上看见鲨鱼在海里打架。

他大声叫道：“你们不要打了。”

鲨鱼竟对狮子大声嚷道：“你是谁，竟想多管闲事。”

狮子趾高气扬道：“我是举世闻名的狮子大王，我现在命令你们立即停止斗殴。”

鲨鱼也神气十足地回答道：“你算老几，我们在世上从未听说有你这样一个自封的大王，我们鲨鱼才是真正的霸王，你有种就和我们来决战一场。”

狮子听了极为气愤，他奋不顾身地跳入海中，结果却葬身海底。

超越范围，多管闲事，往往有害无益。

82. 污泥与莲花

污泥对莲花诉苦道：“世上的人总说你出污泥而不染，难道我们哺育成就了你，你就应该忘了我们、瞧不起我们了吗？”

莲花深情地对污泥说道："我可亲可敬的亲人，你们一心一意地养育了我，又全心全意地成就了我，你们的大恩大德，我岂敢相忘呢？请你们不要偏听世人的胡说八道，不要相信世人的谣言。你瞧——我的根永远驻扎在你们的心中，没有你们，我的生命立即就会枯萎。相信我——我的心永远与你们相通，我的生命与你们同在这个美好的世界。"

只有不忘本的人们，生命才会长久！

83. 好斗鱼与隐灯鱼

好斗鱼是海洋世界里的一种非常美丽的鱼，他天性喜欢争斗。

有一天，一条好斗鱼看见一条多姿多彩的隐灯鱼在水中游弋。隐灯鱼忽明忽暗、忽亮忽灭，变幻出绚丽多姿的美妙形态。

好斗鱼想；"世上怎么会有这样比我还漂亮的鱼呢？我一定要战胜他。"

好斗鱼于是对隐灯鱼大声叫道："朋友，我们决战一场，好吗？"

隐灯鱼回答道："我才不与你争斗呢。"

好斗鱼说道："你我只有在决战中，才能分出谁更强大。"

隐灯鱼说道："你根本不是我的对手，我才不与弱者斗呢。"

好斗鱼被隐灯鱼的话激怒了，他怒气冲冲地朝隐灯鱼追去。隐灯鱼忽升忽降、忽明忽暗；好斗鱼看得眼花缭乱，也搞不清隐灯鱼身在何处。好斗鱼劳于奔命，疲倦不堪，无法追上隐灯鱼，更加恼凶成怒、疯狂之极。好斗鱼被隐灯鱼牵着鼻子走，最后他碰到一块巨大的暗礁上，碰得个头破血流，气绝身亡。

隐灯鱼见到这悲惨的一幕，感叹道："你这个不知天高地厚的家伙，争强好胜害掉了你的生命。"

事事争强好胜者，往往容易丧失生命。

94. 水蛇与青蛙

一条水蛇捉住一只青蛙，青蛙吓得哇哇大叫。

水蛇并不急于吃这只青蛙，他将青蛙抛向天空，青蛙落到地上又吓得哇哇大叫，他马上又捉住青蛙。水蛇觉得他这样做特别好玩，于是他反反复复地将青蛙抛上抛下，青蛙吓得惊叫不已。

水蛇随后对青蛙说道："你能够在天空中欢悦地飞跃，又能够在地上蹦蹦跳跳，你还能够高声歌唱，你一定感到很快乐，你比我还幸福。"

青蛙恐慌地说道："你如果觉得我这样身不由已地飞跃、蹦跳、惨叫也是快乐与幸福的话，那么就请你也来试一试这快乐与幸福的滋味。可恶的水蛇，我宁愿立即痛苦地死去，也不愿承受着你对我这样地愚弄。"

这时正好来了一个人，他看见这惊奇的一幕，救了这只青蛙。然后这个人拿着一条棍子，也将这条水蛇向天空抛上抛下，水蛇也吓得惶恐不已。最后这个人打死了这条可恶的水蛇。

水蛇临死时悲叹道："我本应立即吃掉那只青蛙，但我却喜欢捉弄青蛙，将自己的快乐建立在青蛙痛苦之上。现在我也被人捉弄，为此丧失了自己的宝贵生命，我真是愚蠢啊！"

总喜欢捉弄别人，往往也会受到别人的捉弄，得到悲惨的报应！

95. 猫与鱼

印度洋的费列加特岛，老鼠泛滥成灾。人们便把猫请到岛上捕捉老鼠，岛上的猫繁殖得越来越多，不久这些猫就将岛上的老鼠吃得个精光。这些猫没有老鼠可抓，只好慢慢地学会了下海捕鱼。

有一天，一只猫捉到了一条鱼，这条鱼眼泪汪汪地问道：“你们猫是在陆地上生活的，怎么跑到大海中来捕捉残害我们呢？”

猫笑着说道：“对不起，我们也是生活所逼，不得不学会下海捕鱼的本领，否则我们只能在这个岛上坐以待毙。”

有时生存所需，往往可以逼迫人们不断地开发自己的潜能，获取更多的智慧本领。

96. 鱼与龙

一条鱼在水中遇见一条龙。

鱼对龙问道：“你是个什么怪物？”

龙说道：“我是一条龙。”

鱼说道：“龙可是水中豪杰，能潜藏深水之底；也是天空中的圣灵，也能腾云驾雾；你决不可能是龙，一定是在说谎。”

龙反复言说自己是龙，可是鱼决不相信龙的话，鱼并且大骂龙是个江湖骗子。

龙抓住鱼一跃到了高空中。

鱼吓得惊慌失措道：“潜龙在渊，飞龙在天。我现在相信你是一条绝对的神龙了，求你赶快放掉我吧。”

行动胜过言说，事实胜于雄辩！

97. 锷鱼与青鱼

一条锷鱼在奋力地追逐一条雄鱼。

当锷鱼马上就要抓住雄鱼时，他看见一条大青鱼就在自己的前方，立即放弃了即将到口的雄鱼，转而去捕捉青鱼。雄鱼乘机赶紧逃走了。

鳄鱼使劲地追逐青鱼，最终还是没有抓住青鱼。

鳄鱼为此懊悔道："我真愚蠢，放弃现成到口的美好猎物，去追求那难得的美好青鱼，结果才一无所获。"

人生有时也是这样，我们常常放弃能够拥有的美好，去追求那不能得到的美好，结果往往错失美好的机遇！

88. 小鳄鱼与母鳄鱼

有一次，小鳄鱼跟随母鳄鱼去捕鱼，他看见母鳄鱼将捕获的小虾米都丢到身边。

小鳄鱼困惑不解地问道："妈妈，你为何将捕获的小虾米都丢掉呢？"

母鳄鱼沉默不语。

不久，母鳄鱼就捕获了一条大鱼。

母鳄鱼对小鳄鱼说道："孩子，丢掉小虾米是为了得到大鱼，有舍才有得，有大付出才会有大回报。"

有付出才会有回报！有小失才能有大得！

第四卷　空间遐思

★作恶与贪婪是灾厄的根源！

★外表的华美无法掩饰内心的丑陋！

★心灵高尚才高贵，心灵丑陋必卑贱！

★无视眼前的幸福，追求遥远的不幸，必将造就不幸的悲剧！

★英雄未成功时，往往会被视为狗熊！狗熊成功了，常常会被赞为英雄！

★无用之争，有害无益！

89. 蝴蝶与蚊子

蝴蝶遇到蚊子。

蝴蝶奉劝蚊子道：“朋友，在这个世界上，你可以做很多有益自己的事；但有两件事千万做不得。”

蚊子急匆匆地问道“哪两件事做不得呢？”

蝴蝶神情庄重道：“一是作恶害人的事做不得，二是贪得无厌的事不可为。”

蚊子说道：“我如果不作恶害人，我怎么生活？我如果不贪得无厌，我怎么能够拥有美好的生活呢？”

蚊子根本听不进蝴蝶的良言忠告，依然故我地作恶害人，变本加厉地贪得无厌，最终惨死在人的手中。

蚊子临死时悲叹道：“作恶与贪婪毁掉了我的生命。”

作恶与贪婪是灾厄的根源！

96. 山羊与蝴蝶

一只山羊在山林中看见一只美丽的蝴蝶，就想捉住那美丽的蝴蝶。

蝴蝶好像与山羊捉迷藏，他飞在山羊的头上，总是与山羊保持一段距离。山羊不管怎样地努力，都无法抓住蝴蝶。

山羊追得精疲力竭，累倒在地，呼呼大睡。山羊一觉醒来，看见那美丽的蝴蝶正停留在自己身上休息。

山羊为此感叹道：“我拚命想抓住美丽的蝴蝶，他却让我灰心丧气；我无力无心去想他，他却幸运降临我身上。”

人生的一些美好幸运也是这样：当你拚命去追逐那美好幸运，他却千方百计逃避你；当你无心去追逐那美好幸运，他却安然地降落你身上。

97. 乌龟与飞鸟

传说乌龟与飞鸟是创世主创造的一对孪生生灵。

当他俩降生时，创世主说：“你们需要什么样的礼物，我便赠送给你们各自一件礼物。”

乌龟说：“圣主，我希望得到一件贵重的礼物。”

飞鸟说：“圣主，我希望得到一件轻巧的礼物。”

于是创世主赠给乌龟一个沉重的背壳，让乌龟在地上艰难地爬行；赐予飞鸟一双轻盈的肢膀，使飞鸟能够在天空中飞翔。

心灵的欲望重，生活往往会背上沉重负担；心灵的欲望轻，生活常常会拥有轻松愉快！

92. 虎雀与老虎

很久从前，虎雀就依靠帮老虎剔牙为生，众鸟都奉劝虎雀不要将自己的生命寄托在穷凶极恶的老虎身上，然而虎雀根本听不进众鸟的忠告。

有一天，虎雀钻进老虎的口里，剔老虎牙里的碎肉，却被老虎闭口吃掉了。

飞鸟在树上瞧见这悲惨的一幕，叹息道："可怜的虎雀，你总是喜欢将自己的生命寄托在老虎身上，结果才葬送了自己的宝贵生命。"

将命运寄托恶人身上，最终往往会被恶人所害！

93. 乌鸦与狗熊

乌鸦看见狗熊在森林里匆忙奔走，飞到狗熊面前问道："你这样匆匆忙忙去干吗？"

狗熊回答道："我父母被狮子残杀了，我要去寻找狮子报仇雪恨。"

乌鸦嘲笑道："狮子是举世闻名的百兽之王，你是一头谁都瞧不起的狗熊，不要去送死，否则你就将成为一个小丑。"

狗熊说道："我确实是头狗熊，但决不畏惧狮子。我宁愿做一个不畏强手的勇士，也不做一个贪生怕死的小丑。"

乌鸦说道："你是头愚蠢的狗熊，如果不听我的奉劝，肯定会成为一个死鬼。"

狗熊却坚定不移地去寻找狮子报仇，最终杀死了狮子。

乌鸦得知信息后，又飞到狗熊赞美道："没想到你是个勇敢无畏的大英雄呀！"

狗熊说道："我如果没有成功，将永远被你当作一头无能的狗熊；我现在成功地战胜了百兽之王——狮子，才被你捧为大英雄。"

英雄未成功时，往往会被视为狗熊！狗熊成功了，常常会被赞为英雄！

94. 群兽与飞鸟

传说上帝创造世界后，森林里的动物举行了一次集会。群兽看见飞鸟有一对翅膀，他们都嘲笑飞鸟的翅膀真难看，戏谑飞鸟是个独特的怪物。

飞鸟默默无言地飞向天空，群兽一见都赞美飞鸟能够翱翔天空，是一个美丽的天使。

飞鸟在天空中说道："正因为我有一对独特的翅膀，我与你们在一起，你们就将我当作怪物；而我这对独特的翅膀，能使我与众不同地飞向天空，你们就将我看成天使。但我明白——自己既不是怪物，也不是天使，我是上帝创造的一只美丽的飞鸟。"

明知自信，造就绝伦美好！

95. 狐狸与蜜蜂

狐狸对蜜蜂问道："我个子高大，才智超群，而你个头渺小，智力平平，为何人们谩骂我卑贱却赞美你高贵呢？"

蜜蜂回答道："你尽管个子高大，才智超群，可你心灵丑恶，总是四处索取作恶；我尽管个头渺小，智力平平，但我心灵善美，总是奉献善美；所以人们就谩骂你卑贱赞美我高贵。"

心灵高尚才高贵，心灵丑陋必卑贱！

96. 乌鸦与燕子

乌鸦看见燕子的窝漂亮实用，便向燕子请教如何才能建造一个美妙绝伦的巢穴。

燕子带着乌鸦来到自己的窝前，如实地告诉了乌鸦砌筑燕窝的技巧方法。

乌鸦听了燕子的话感叹道："原来砌筑这样美妙绝伦的巢穴并不神秘。"

燕子说道："我为了建造这个巢穴，绞尽脑汁、深谋远虑地规划设计；不知历尽了多少千辛万苦，付出了多少了心血代价，好不容易才如愿以偿地造就了这个安乐窝！你现在看到的只是一个美妙的结果，可知道其中蕴含了多少艰辛曲折的创业过程呀！"

美好的结果，往往蕴含着艰辛的过程！

97. 老鹰与群鸟

老鹰召集群鸟聚会。

老鹰来到麻雀面前问道："你为何喜欢吃虫子？"

麻雀说道："虫子鲜美极了，我天生就喜欢吃虫子。"

老鹰来到鹦鹉面前问道："你为何喜欢学人说话呢？"

鹦鹉说道："学人说话，可以提高我的智慧与技能，我天生就喜欢学人说话。"

老鹰来到八哥面前问道："你为何喜欢唱歌呢？"

八哥说道："唱歌是一种快乐的事情，唱歌可以带来心身愉快，我天

生就喜欢唱歌。”

……

随后，群鸟对老鹰问道：“你为何总是喜欢发问呢？”

老鹰说道：“我喜欢发问，向你们请教，可以博采众家之长，吸纳群体智谋，获得更多学问智慧。”

群鸟赞叹道：“你善于求问，善于求索，怪不得你能成为百鸟之王。”

善于求问、求索，才能善于成功、成就！

98. 草与风

一棵草总是仰望着天空，幻想着天空之上一定是美妙的天堂，他神往那美妙的天空。

于是草向风求助道：“我生活在这平淡无奇的土地上，总是承受痛苦无望的生活折磨，敬请你把我带到天空上，让我去寻求哪美好可爱的天堂吧。”

风奉劝道："你生活的土地其实就是美好的天堂，千万别痴心妄想，否则你将葬送自己。"

草却听不进风的良言忠告，他一而再、再而三地请求风将自己带到天空上。风拗不过草的强烈请求，卷着草来到了美丽的天空中。然而不久，草便在天空中痛苦绝望而死。

草临死时悲叹道："这虚幻飘渺的天空对于我来说就是死亡的地狱；而我所厌恶的土地才是我生活的美好天堂。我胡思乱想、胡作非为，才害死了自己。"

虚幻的天堂往往就是可怕的地狱，磨砺的地狱常常就是可爱的天堂！

99. 小喜鹊与母喜鹊

有一次，小喜鹊跟着母喜鹊在一棵树上玩耍。

树上的猴子问道："可爱的喜鹊，世上什么东西最好吃呢？"

母喜鹊回答道："世上的果子最好吃。"

猴子称赞道："你真是一只聪明伶俐的喜鹊。"

树上的麻雀问道："可爱的喜鹊，世上什么东西最好吃呢？"

母喜鹊回答道："世上的虫子最好吃。"

麻雀赞扬道："你真是一只聪慧可爱的喜鹊。"

地上的兔子问道："可爱的喜鹊，世上什么东西最好吃呢？"

母喜鹊回答道："世上的青草最好吃。"

兔子赞美道："你真是一只明智可爱的喜鹊。"

小喜鹊悄悄地对母喜鹊询问道："妈妈，刚才猴子、麻雀、兔子问你同样的问题，你却回答不同的答案，为何都能得到他们的赞美呢？"

母喜鹊回答道："孩子，芸芸众生，内心不同，需求不同，你唯有了解他们的内心需求，根据他们的喜爱，作出明智的答复，才能赢得众生欢心，获得他们的尊敬赞美。”

只有赢得天下欢心，才能拥有天下美名！

100. 蛹虫与蝴蝶

一条蛹虫在化蝶的过程中相当痛苦。

突然，蛹虫看见一只美丽的蝴蝶，便向蝴蝶诉苦求教道：“我现在既极为丑陋，又相当痛苦，你有什么办法使我解脱痛苦，变得像你一样漂亮吗？”

蝴蝶说道：“你只要反复不断地说——.伟大的创世主啊！请您再给我更多的丑陋、再给我更多的痛苦.；你很快就会解脱痛苦，变得像我一样漂亮了。”

于是蛹虫反复不断地说着：“伟大的创世主啊！敬请您再给我更多的丑陋、再给我更多的痛苦。”

不久，蛹虫就变成了一只美丽的花蝴蝶。

变成了花蝴蝶的蛹虫对那只蝴蝶求教道：“我身处丑陋痛苦中，你为何还要我呼求创世主给我更多的丑陋、更多的痛苦呢？”

蝴蝶回答道：“你身处丑陋痛苦中，当丑陋达到极端，自然就会走向美好；你的痛苦达到顶点，自然就会走向快乐；我要你呼求创世主给你更多的丑陋、更多的痛苦，这样就会物极必反。你瞧——你现在不是变成了一只快乐美丽的花蝴蝶了吗？”

痛苦到了极端，快乐就会降临！丑陋到顶点，美好就将莅临！

101. 苍蝇与小草

一只苍蝇飞到一棵小草上悲叹道：“唉！这个世界是多么渺小，我的生活是多么可悲。”

小草问道："世界广袤无垠、博大无边，为何在你的面前却是如此渺小呢？"

苍蝇回答道："世界尽管广大，然而我四处奔波寻找，也找不到最美好的食物，无法满足我的欲望，我才觉得这个世界太渺小了。"

小草感叹道："原来你的心相当贪婪，怪不得总觉得世界渺小、生活可悲。"

随后苍蝇问道："你成天生活在这个狭窄的地方，难道不觉得天地的狭窄、不感到生活的可悲吗？"

小草回答道："我生活的这个地方尽管比较狭窄，却很知足；我头顶蓝天、根涉大地，感到天地的广博、生活的美好。"

苍蝇感慨道："原来你的心相当知足，你就总觉得天地的广博，生活的美妙。"

贪婪世界窄，知足天地宽！

102. 乌鸦与知了

乌鸦常常"乌鸦、乌鸦"地叫个不休；知了常常"知了、知了"地说个不停。

有一次，知了对乌鸦问道："你为何常常乌鸦、乌鸦地叫个不休呢？"

乌鸦回答道："这表示我什么都知道，我比谁都聪明呀！"

知了问道："你什么都知道，知道自己的缺陷不足吗？"

乌鸦回答道："我完美无缺，没有什么不足之处。"

知了问道："你知不知道人们都说你是一只丑陋的乌鸦，骂你是一只讨厌的乌鸦呢？"

乌鸦回答道："我从来没有听人们说我是一只丑陋、讨厌的乌鸦，只

知道自己是一只聪明可爱的乌鸦。”

知了感叹道：“你是这样地无知，怪不得人们会嘲笑你是一只愚蠢讨厌的乌鸦呀！”

随后，乌鸦对知了问道：“你为何常知了、知了地说个不停呢？”

知了回答道：“我向天地世界表白——我深知自己的无知。”

乌鸦问道：“你向天地世界表白自己的无知，是否也向世界表明自己无所不知呢？”

知了反问道：“你怎么知道的呢？”

乌鸦回答道：“你喜欢知了、知了地说个不停，这就说明你无所不知吗？”

知了说道：“我从来没有说过我无所不知。其实知与不知，我心里最清楚、最明白，我才知了、知了地说个不停。”

乌鸦感慨道：“你明知自己知与不知，你是多么地明智。怪不得人们会赞美你是一只聪明可爱的知了呀！”

自知者明，无知者愚！

103. 翠鸟与乌鸦

一只翠鸟与一只乌鸦一同被老鹰抓住了，老鹰对他俩说：“你们谁能给我带来利益，我就放了谁。”

乌鸦马上说道：“神圣的的鹰王，你如果能够放了我，我将告诉我的家族、我的爸爸妈妈、我的兄弟姐妹的居所，你就可以轻而易举地捕捉他们，就将得到更多的美味佳肴。”

老鹰问道：“你的家族、你的爸爸妈妈、你的兄弟姐妹的居所在哪儿呢？”

乌鸦指着东南方一座大山说道：“他们的居所就在那座神秘的大山

上，我的爸爸妈妈、兄弟姐妹就生活在一棵与众不同的大树上。”

翠鸟说道：“丑恶的乌鸦，我宁死也决不出卖我的兄弟姐妹，决不出卖我的爸爸妈妈，更不会出卖我的家族。”

最后老鹰放掉了翠鸟，却留下了乌鸦。

乌鸦困惑地问道：“尊敬的的鹰王，我能够给你带来利益，翠鸟让你无利可图，你为何要放掉翠鸟却不放过我呢？”

老鹰回答道：“翠鸟尽管使我无利可图，可他的忠诚令我感动；而你虽然能给我带来利益，但你的恶德令我憎恨；所以我放了翠鸟而要吃掉你。”

忠诚，才能成全自己；变节，必将毁灭自己！

104. 蝴蝶与蜜蜂

春暖花开时，蝴蝶与蜜蜂一同在花丛中采集花蜜。

蝴蝶对蜜蜂说：“世上的花蜜如果能为我独自占有享受，该有多美呀！”

蜜蜂说道：“我如果能拥有更多花蜜，就能向世上奉献更多更美的蜂蜜，这该有多美。”

蝴蝶显得非常烦闷，蜜蜂却快乐无比。

蝴蝶向蜜蜂求教道：“我与你一同采集花蜜，为何我感到烦闷你却显得快乐呢？”

蜜蜂说道：“因为你总在想着要独自占有享受所有美好，而我总在想着要向世上无偿地奉献更多美好；所以你总感到烦闷，我却总是感到快乐。”

无偿奉献美好往往快乐无比，占有独享美好常常痛苦煎熬！

105. 麻雀与兔子

两只麻雀发现了一块金光闪闪的大宝石，他俩为这块宝石是谁先发现的、应该归谁所有而争斗起来。

一只兔子恰巧路过哪儿，看见了这情景。

兔子来到麻雀面前问道："你们能吃这块宝石吗？"

麻雀回答道："不能。"

兔子问道："你们能用这块宝石吗？"

麻雀回答道："不能。"

兔子问道："那么这块宝石对你们有何用处呢？"

麻雀回答道："这块宝石只是好看而已，他对于我们来说其实毫无用处。"

兔子说道："这块宝石，你们既不能吃，又不能用，对你们毫无用

处；那么你们为这无用的东西争来争去又有何益呢？你们这样拚命地争斗，只会劳力伤神，伤害你们的和气感情；你们俩个真是愚蠢之极。”

无用之争，有害无益！

106. 麻雀与翠鸟

一只麻雀生活在南方，夏日来临，他觉得燥热难受，便准备飞到北方去。

一只翠鸟得知情况后，对麻雀奉劝道：“朋友，北方的冬天比这里冷多了，你肯定无法适应北方的气候，千万别头脑发热，否则会害了自己！”

麻雀却听不进翠鸟的忠告，结果他冻死在北方的冬天里。

头脑发热，往往会害了自己！

107. 麻雀与老鹰

据说很久以前，鸟儿们都没有翅膀。一天，上帝巡视鸟类世界，询问鸟儿们各自的志向。

上帝说道：“你们有什么样的志向，我就赐予你们一对相应的翅膀。”

鸟儿们都争先恐后地向上帝汇报自已的志向，上帝就赐予他们各自相应的翅膀。

麻雀与老鹰最后向上帝汇报，麻雀说自己的志向是在低空中飞行，老鹰说自己的志向是在高空上翱翔；上帝赐予麻雀一对小翅膀，而赐予老鹰一对大翅膀，上帝便悄悄地离开了。

麻雀困惑地向老鹰问道：“上帝为何只给我一对小翅膀，而赐予你一

对大翅膀呢？”

老鹰说道：“你的志向低，前程近，努力也会少，拥有得到就会少；而我志向高，前程远，努力就会多，拥有得到就会多。”

所以，我们现在看到麻雀飞得低，他的翅膀小；老鹰飞得高，他的翅膀大。

志向有多高，努力有多大；拥有就有多少，前程就有多远！

108. 野兔与野鸡

一只野兔遇见一只野鸡。

野兔向野鸡倾诉自己渴望像野鸡一样在蓝天上翱翔。

野鸡说道：“你不具备飞翔的才华，想在蓝天上翱翔只能是痴心妄想；而我具有飞翔的才华，想何时何地飞向蓝天，就能心想事成、如愿以偿。”

有才成就愿望，无才空幻想望！

109. 老鹰与云雀

很久以前，众鸟举行了一场比赛——比试谁飞得最高。

老鹰越飞越高，他飞到云端，深信自己是飞得最高的鸟。

正当老鹰得意洋洋之时，他头上一只小鸟对他说：“朋友，再飞高一点，你还不是世上飞得最高的鸟。”

老鹰问道：“你是谁？”

云雀回答道：“我是一只小小的云雀。”

老鹰问道：“你怎么能够说我不是世上飞得最高的鸟呢？”

云雀说道：“因为我比你飞得更高。”

老鹰说道：“你叭在我的背上，依靠我才到了云端，不能算你的本事，这也不能证明你比我飞得更高。”

云雀说道：“你如果不相信我比你飞得更高，我们俩再比试一番。”

于是老鹰便单独与云雀比赛谁飞得更高。老鹰一飞冲天，不久，他便飞到了云端，老鹰又向上拚劲地飞，直到他不能再往上飞了，他确信自己已是世上飞得最高的鸟了。

老鹰正准备庆幸自己时，云雀又在他的头顶说道：“朋友，再飞高一点，你还不是世上飞得最高的鸟。”

老鹰此时相当困惑，极为不解地问道：“小小的云雀，你怎么比我飞得更高呢？”

云雀说道：“我原来的确不如你飞得高；但我一直在向你学飞翔的要领，创造自己飞翔的绝技；我依靠你，才比你飞得高一点。”

老鹰赞叹道：“你学习别人的长处，发挥自己的长处，创造自己飞翔之路，不仅超越了别人，也超越了自己，你是当之无愧的高飞之鸟，也是一只极为聪明的鸟。”

学人之长，用人之长，扬己之长，创世之长，永恒之长！

110. 飞鸟与鲜花

百花盛开之时，一只飞鸟飞到一朵大红的鲜花面前问道：“朋友，大好时光，你在干吗？”

鲜花回答道：“我在尽力开放自己的美丽芳香。”

飞鸟说道：“你为何不趁这大好时光尽心玩耍呢？”

鲜花说道：“我没有时间闲玩，不久我的生命就会凋谢。”

飞鸟问道：“你悲叹自己生命短暂吗？”

鲜花说道：“我承蒙天地世界的厚爱，来到这美好的天地世界，根本就没有时间去悲观厌生；我唯有全心全意地向天地世界开放奉献自己的美

丽芳香，才能无愧于天地世界的厚爱成全，无愧于自己的短暂一生。”

飞鸟赞叹道：“你尽管生命短暂，花红一时；然而你奉献一生，善美永世。”

奉献一生，善美永世！

111. 鹦鹉与云雀

一只鹦鹉遇见一只云雀。

鹦鹉对云雀诉说道：“我具有得天独厚的美妙嗓子，富有威震百鸟的才华，具有高尚至纯的品德，我不明白上帝为何不让我做百鸟之王，却让那无才、无能、无德的老鹰做百鸟之王呢？上帝这样做太不公道了呀！”

云雀说道：“假如老鹰在这里，你就会明白上帝的选择是正确公道的，老鹰的爪子远远胜过你的嗓子，他才真正称得上是众鸟臣服的百鸟之王；你不过是一个歌伎而已，充其量可冠以歌唱之王罢了。”

鹦鹉听了云雀这番话，灰溜溜地飞走了。

狂妄自大往往自取其辱！

112. 蜜蜂与花树

蜜蜂飞到花树面前问道：“朋友，人们常常采摘你的鲜花，你为何不痛苦反而快乐呢？”

花树回答道：“人们喜爱我鲜花的美丽芳香，总是情不自禁地采摘我的鲜花；我感到人们采摘我的鲜花，是我无尚的荣幸，我心甘情愿向人们奉献美丽芳香；所以我不仅不痛苦，反而相当快乐。”

蜜蜂感叹道：“你总是向人们奉献美丽芳香，真是无愧于天地美好之花树呀！”

随后花树对蜜蜂问道："朋友，人们常常摄取你的蜂蜜，你为何不悲伤反而欣慰呢？"

蜜蜂回答道："人们喜爱我蜂蜜的甜蜜美好，总是兴高采烈地摄取我的蜂蜜，我感到人们摄取我的蜂蜜，是我无上的荣幸，我心甘情愿向人们奉献甜蜜美好；所以我不仅不悲伤，反而极为欣慰。"

花树赞叹道："你总是向人们奉献甜蜜美好，你真是无愧于天地美妙之蜜蜂。"

奉献美好，永远美好，永存美好！

113. 含羞草与含羞鸟

有一种草叫含羞草，只要谁轻轻地触及他，他就露出羞涩美丽的面容，人们都喜爱他。

有一种鸟叫含羞鸟，他面容丑陋，常常只在夜晚才出来活动，人们都讨厌他。

一天夜晚，含羞鸟来到含羞草面前问道："你为何叫含羞草，人们为何都喜爱你呢？"

含羞草回答道："我是天地间一棵渺小的草，我知道自己的缺陷不足，一遇到陌生的东西，就露出羞涩的面容，人们就叫我含羞草，人们觉得我可爱，就都喜爱我。"

含羞鸟感叹道："原来你明知自己的不足，谦虚谨慎，才赢得人们的赞美。而我过去总是不知天高地厚，认为自己是天下最美的鸟，我白天总是大言不惭地叫着，我是天下最漂亮的鸟，人们觉得我无耻之极，他们都厌恶我。久而久之，我无地自容，只好在夜晚才出来活动，我被人们称为含羞鸟。"

知耻，才美好！无耻，必丑陋！

114. 蚊子与蝙蝠

两只蚊子在一起聊天。

一只瘦小蚊子对另一只胖壮蚊子说道："我热爱人。"

胖壮蚊子说道："我也热爱人。"

瘦小蚊子问道："你怎样热爱人的呢？"

胖壮蚊子回答道："我用嘴亲吻人，吸吮人的血液。"

瘦小蚊子说道："我与你一样，用尖嘴亲吻人，吸吮人的血液。"

胖壮蚊子说道："为何人认为我们的亲吻是一种难受的折磨，觉得我们的热爱是一种可怕的伤害呢？"

瘦小蚊子说道："人不懂得我们的亲吻，不理解我们的爱。"

正在两只蚊子兴致勃勃言谈之时，一只蝙蝠捕食了这两只蚊子。

随后蝙蝠说道："我也热爱你们蚊子呀！我对你们的爱就是对你们的毁灭。"

自私错误的爱，往往不是折磨，就是伤害，甚至是毁灭！

115. 乌鸦与苍蝇

乌鸦对苍蝇问道："你为何总喜欢肮脏的地方呢？"

苍蝇回答道："我在肮脏的地方，总能得到食物，填饱我饥饿的肚子。"

乌鸦感慨道："你为了填饱自己饥饿的肚子，就不顾肮脏，怪不得人们骂你是一只讨厌的苍蝇。"

随后，苍蝇对乌鸦问道："你为何总喜欢高声怪叫呢？"

乌鸦回答道："我高声怪叫，可以引起大家的注目，可以留名天下。"

苍蝇感叹道："你为了留名天下，就不顾羞耻，怪不得人们骂你是一只可恨的乌鸦。"

不顾肮脏羞耻，追逐名利，往往会臭名昭著！

116. 麻雀与猎狗

一只麻雀不慎被一只猎狗逮住了，麻雀苦苦哀求猎狗放了他。

猎狗对麻雀说道："你如果能够答对我提出的一个问题，我就放了你。"

麻雀问道："什么问题？"

猎狗说道："你最爱谁？"

麻雀回答道："我最爱自己。"

猎狗大怒道："你孩子难道不是你的最爱吗？你父母难道不是你的最爱吗？我如果放了你，难道也不值得你最爱吗？你这个忘恩负义的东西，我怎么能放了你呢？"

麻雀说道："我并非是一个忘恩负义者，我唯有最爱自己，才能爱我的孩子，爱我的父母，才能报答你放了我的情谊呀！我如果不爱自己，我被你吃掉了，怎能爱我的孩子、爱我的父母呢？我怎能报答你的情谊呢？我说的是一番肺腑之言。"

猎狗觉着麻雀言之有理，便放生了麻雀。

珍爱自己，才能珍爱世上美好的一切！

117. 花蝴蝶与黑乌鸦

春暖花开之日，一只花蝴蝶与一只黑乌鸦飞到一棵花树上。

花蝴蝶对花树自惭形秽叹息道："美丽的花树，你是多么美丽，我是多么丑陋。我看见你，就感到自己真是无颜天下。"

鲜花安慰道："美丽的花蝴蝶，你别这样自卑。你只看见我的美好，却无视自己的美好，其实你拥有多姿多彩的姿色，你的美丽绝不亚于我。"

花蝴蝶听了鲜花这番话，兴高采烈地飞走了。

随后，黑乌鸦却对花树趾高气扬吹嘘道："可怜的花树，你是多么不幸，我是多么幸运。你只能在这荒山野岭上孤芳自赏，而我四处都能欣赏美好奇妙。"

鲜花嘲讽道："丑陋的黑乌鸦，你别这样神气。你只看见自己的美好，却无视我的美好，你可知道世上都谩骂你是一只讨厌的黑乌鸦，而赞美我是一棵美丽可爱的花树吗？其实你是多么地可悲不幸，而我又是多么地可爱幸运。"

花蝴蝶听了鲜花这番话，无精打采地离开了。

自卑者往往只看见别人的美好，无视自己的美好！高傲者常常只留意自己的美好，无视别人的美好！不卑不亢者才能正确认识自己的美好！

118. 蜜蜂与春蚕

花红叶绿的春日，蜜蜂看见春蚕在桑树上吃桑叶。

蜜蜂问道："你在干吗？"

春蚕回答道："我在吃苦。"

蜜蜂困惑道："你为何要吃苦呢？"

春蚕回答道："我吃下这苦涩的桑叶，就能吐出甜美的情丝。"

随后，春蚕问道："你在这里干吗？"

蜜蜂回答道："我在寻找美。"

春蚕好奇道："你为何寻找美呢？"

蜜蜂回答道："我寻找美好的鲜花，吸吮美好的花粉；才能酿造美好的蜂蜜，奉献美好的蜂蜜，造福美好的世界。"

吃苦就能创甘，纳美方能造福！

119. 野鸡与老虎

一只在树上的野鸡对树下的一只老虎说道："我能否与你互相交换一下呢？"

老虎说道："怎样交换呢？"

野鸡说道："我以后叫老虎，你以后叫野鸡，这样我就不会怕你了。"

老虎说道："你下来，我们现在就开始交换吧。"

野鸡兴高采烈地准备从树上下到地上，他自以为是自己就是老虎了；谁知他刚落地就被老虎捉住了。

老虎对野鸡说道："你这个傻瓜；你现在就是称自己为天神，可你不具备天神的实力；我也不会害怕你，照样会吃掉你。"

老虎说着就吞食了这只愚蠢的野鸡。

虚名往往会毁了自己!

120. 小画眉与母画眉

一只小画眉被人捕捉后，放在一只笼子里。小画眉每天依靠为人唱歌跳舞，而乞求为生。

母画眉得知小画眉被人捕捉后，心酸不已；她循着踪迹找到了小画眉。

当母画眉看见小画眉被关在笼子里后，她随即到森林找了一点食物，亲口喂小画眉。

然而当喂小画眉吃了母画眉喂的食物后，她痛苦地说道："妈妈，你为何这样、这样地狠心呢？你竟然给我喂毒药。"

母画眉说道："孩子，我宁愿你自由自在地活着，也不愿意你活着丧失自由、乞求而生！你可知道，我看见你被人关在笼子里，心肝俱裂，已经绝望到了极点，我已经丧失了生活的希望与勇气。"

母画眉说着便倒在地上一命呜呼，小画眉随后也中毒身亡。

丧失自由与丧失希望是生命最大的悲剧

121. 鸟王与小鸟

有一天，鸟王对小鸟说，自己历来凡事只注重结果、不注重过程，谁给自己最美、最好的食物，自己就宠爱谁。

小鸟便千方百计去寻找美好的虫子。他来到一偏僻的地方，发现这里生存美很多肥美的大虫子，可是并没有任何鸟儿来这里寻找食物；他欣喜若狂，立即捕捉了一袋肥美的虫子去献给鸟王。

鸟王见小鸟给自己奉献这么又多又好、肥美的虫子，喜不自禁道：“你是只非常能干的小鸟，我以后一定会宠爱关照你。”

鸟王说着，就将几条肥美的虫子奖赏给小鸟；他俩津津有味地咀嚼着那些肥美的虫子。

鸟王吃了几条虫子后，就感到头昏目眩，呕吐不已。

鸟王痛得在地上打滚道：“你这个坏家伙，你给我奉献的是有毒的虫子，你想害死我。”

小鸟也痛得在地上打滚道：“大王，你不是凡事只注重结果、不注重过程吗？你这种思路不仅害了自己，也害了我呀。”

鸟王与小鸟随后都中毒身亡。

一味地只注重结果，忽视过程，结果往往会害了自己、毁了他人！

122. 鹤与鸡

一只鹤被人逮着了，放在鸡笼里与一群鸡一同圈养。尽管鹤立鸡群，所有的鸡都对他相当崇敬；然而鹤天生洁身自好，他根本就不喜欢与龌龊的鸡在一起；他酷爱自由的天空，根本就不适宜在禁锢的环境生活。不久这只出类拔萃的鹤就死掉了。

那群鸡瞧着鹤的尸体叹息道：“高贵可怜的鹤呀！是可恶的人扼杀了你美丽的生命与优秀的天才。”

人为险恶的环境常常会扼杀优秀的天才！

123. 翠鸟与猴子

一只翠鸟飞到一只猴子身上准备捕捉虫子。

猴子问道："你会在水中捕鱼吗？"

翠鸟回答道："不会。"

猴子问道："你会翻跟头吗？"

翠鸟回答道："不会。"

猴子说道："那么你的生活一定是痛苦的。"

翠鸟问道："你会捉飞虫吗？"

猴子回答道："不会。"

翠鸟问道："你会飞翔吗？"

猴子回答道："不会。"

翠鸟说道："那么你的生活也一定是痛苦的。"

以己之长嘲弄他人之短，往往愚昧可笑！

124. 两条狗与两只鹰

两条狗是双胞胎，他俩生下来不久，一条狗被猎人带走了，日后成了猎狗；另一条狗被农夫喂养，日后成了看家狗。

有一天，这两条狗相遇，看家狗对猎狗感叹道："我们是一对孪生兄弟，然而我们所处的环境不同，竟然造成我们迥然不同的命运。"

两只鹰是双胞胎，他俩生下来后，一同在天空中飞翔，一同在蓝天下生活；然而一只鹰成了出类拔萃的鹰王，另一只鹰却还是一只普普通通的鹰。

有一天，那只普通的鹰对鹰王感慨道："我们是一对孪生姐妹，我们一同生活天空中，尽管我们生活的环境相同，然而由于我们的追求努力不同，我们的命运也迥然不同。"

不同的环境，造就不同的一生；不同的努力，也会造就不同的一生！

125. 老鹰与猴子

一只老鹰常常听人们说猴子是世上最聪明的动物，便想见证一下。老鹰从山林里采摘了一些甜美的甘果与一些剧毒的毒果，他带着这些果子来到猴子群居的地方。老鹰将那些甜美的甘果放在大路上，而将那些剧毒的果子挂在一棵高高的大树上。然而猴子们却对那些触手可及、美妙可爱的甘果仿佛视而不见，无视这些美好的甘果；他们争先恐后地爬到那棵高高的大树上拚命地争食那些剧毒的果子，结果凡是吃了毒果的猴子都悲惨而死。

老鹰见此情景，感叹道："聪明的猴子，你们对于眼前轻而易举得到的甜美甘果视而不见、见而不理，你们丧失了这甜美的甘果；你们却对难以得到的毒果拚命争抢，最终得到了不幸的果子，为此而丧失了自己富贵的生命呀！"

无视眼前的幸福，追求遥远的不幸，必将造就不幸的悲剧！

126. 飞蛾与狐狸

飞蛾飞到狐狸面前诉说道："我们飞蛾扑火，有人说我们追求光明美好，不惜赴汤蹈火，是英雄；有人说我们自不量力，自取灭亡，是傻瓜。尊敬的狐狸先生，我们到底是什么呢？"

狐狸问道："你认为自己到底是什么呢？"

飞蛾回答道："人们对我们议论纷纭，说法不一，我都不知道自己现在到底是什么了。"

狐狸说道："有人说我们狡猾，是个坏蛋；有人说我们聪明，是个智者；人们对我们也议论纷纭，说法不一；但我明智自己永远是一只狐狸。你被人们的议论看法弄得稀里糊涂，这是你自己愚昧无知。你认识不到自己永远是一只飞蛾，我觉得你是一条愚蠢的糊涂虫。"

明智则明，愚昧则愚！

127. 飞鸟与飞虫

一只飞鸟捕捉了一条美妙的飞虫。

当飞鸟准备吞食飞虫时，飞虫对飞鸟说："你是我一生最崇拜的鸟，我最喜欢听你美妙的歌了；我是你忠诚的粉丝，我如果能够在临死前听到你美妙地歌唱，我将死而无憾。"

飞鸟被飞虫的阿谀奉承所打动，他张开嗓子，纵情欢欣地放声歌唱。

当飞鸟歌唱完毕，他发现飞虫已经不知飞向何方。

飞鸟为此而叹息道："唉！我的虚荣心，让我丧失了一餐已经到了嘴边的美味佳肴。"

爱慕虚荣往往会让你丧失已有的美好。

128. 老鹰与树懒

严冬腊月，一只老鹰在四处寻找食物。

突然，老鹰发现一棵大树上躺着一只树懒，他立即用尖嘴去啄树懒的肉，树懒却一动不动。

老鹰好奇地问道："你这个懒家伙，我吃你的肉，你为何却一动不动呢？"

树懒说道："我从小就喜欢过这种安逸的生活，已经习惯了这种生活；我现在已经变成了一个彻头彻尾的懒家伙，我才懒得动弹呢。"

老鹰感慨万端道："原来你喜欢安逸的生活，结果才造就了你这个愚蠢的懒家伙。我与你恰恰相反，从小就喜欢冒险的生活，我一直不畏艰难险阻，才成了一只翱翔天地的雄鹰。"

安逸造就庸才，艰辛造就天才！

第五卷　人类醒悟

★只要你有梦想，只要你去努力，你也能创造奇迹！

★勤奋造就天才，努力成就人才！

★创造者永生！奉献者永存！思想者永远！精神者永恒！！！

★独特才非凡，神奇才绝美！

★生命中的每一个元素其实都是相当重要的！

★思想劳动者开创拥有美好，愚蠢懒惰者错失丧失美好！

129. 女孩与父亲

一个女孩天生双脚残疾。她七岁时，父亲带着她到邻近很多学校求学，没有一所学校愿意收留她。最后她父亲动用了很多关系，才在当地一所最差的小学就学。

父亲饱含热泪、满怀深情地对女孩说：“孩子，你天生条件就比人家差，现在你读的也是最差的学校。你要记住——当别人坐着不动的时候，你要赶紧走；当别人在走的时候，你要赶紧跑；当别人在跑的时候，你要飞，你一定要有一双翅膀飞起来，我的孩子，你一定要飞起来呀！这样你才会比任何人强。”

女孩听了父亲这番情真意切的话，幼小的心灵受到了强烈的震撼，她铭刻了父亲的谆谆教诲。

女孩从小学到大学一直是全年级的第一名，她最后飞越海外留学。她学有所成后，又回国报效祖国与人民，最终成了一位顶级的大师。

这个女孩是谁呢？让我来告诉你——世上勤奋努力的大师都是她的化身。

勤奋造就天才，努力成就人才！

130. 生前与死后

相传在公元2000年以前，有一个人，他降生在卑微的马槽中，生活在贫穷的环境中，死时连一块小小的墓地都没有；他一生求道修行、乐观善为，从没有悲观绝望过，尽管他死时被钉在残酷无情的十字架上，他依然至死不渝地坚持自己的生命信仰；他一生受尽了世间的侮蔑责难，却执著地坚持自己的理想追求；他从来没有进过学校，没有拜过老师，也没出过远门；他既没有财又没有势，又从来没有作过官，也没有尊贵有名望的亲戚；然而在今天，他对世界的影响超过世上最有名的帝王将相，其美名盖过了举世闻名的伟人壮士、英雄豪杰、学者名家。

他不是教育家，但是现在有成千上万所学校，都是为他创办的。经他教育过的人，即使是平凡渔夫，也有不少最终都成了惊天动地的人物。

他不是艺术家，但是世上数不胜数的艺术家都曾为他倾倒；他给了世界上最有名的画家以灵感、雕刻家以想象，使他们创作了世界最有名的图画和雕刻作品。

他不是音乐家，但是他感动了世界上最有名的音乐家，创作了最有名的歌曲。现在全球不知道有多少人，天天在歌颂赞美他的圣名。

他也不是文学家，但是他启发了全世界无数的作家，创作出无数流芳百世的经典作品。

他也不是建筑家，但是为着他的缘故，现在世界各地为他而建造了不

少富丽堂皇的建筑，有无数的人在里面崇拜他。

他也不是慈善家，但是因为他的缘故，世上有了模范监狱、红十字会、疗养院、老人院、孤儿院等慈善机构。

他也不是医学家，但是现在很多医院都是为他而兴建，很多的医师因他、而为人们奉献工作。他曾医好许多病人和许多破碎的心灵，拯救了很多沉沦的灵魂，他却从不收费。直到今天，他还不断拯救、治疗那些忧伤、患病、被压抑的人，使他们身心康复、灵魂得救。

他也不是军事家，他没有一枝枪炮，没有一支军队；但是在他十字架的旗帜下，却聚集了古今中外无数的豪杰壮士；他虽然不用子弹，却能叫万人降服。千万人奋不顾身，愿意为他而活、为他而死。从古到今，世界上没有第二个人，有他那么多的志愿军队。

他也不是政治家，不是君王，但是许多君王、领袖，无数的政治家都自动俯伏在他脚下，甘愿称他为主。他的臣民比起世界任何国王的臣民都多。他的国度，不是用任何暴力所能摧毁的。

同样，传说还有一个人，他出生于公元前6世纪，身份卑微，曾经是一个奴隶，曾被转卖多次；他相貌丑陋不堪，被人污辱嘲笑；他从来也没有进过学校，没有拜过老师；他不是什么专业作家，也从来没想过要成为一个流芳百世的大作家；然而现在他成了世上家喻户晓的大师。

他不是文人，他从来也没有进过学校，没有拜过老师；然而现在世界各地有很多学校在传授他的文化。

他不是专业作家，他从来也没有进行过专业写作；然而现在世界各地都有他的作品，他被人们赞为最伟大的作家。

他没有写过一部作品，他一生也没有出版一部作品；然而现在全世界都在销售传播他的作品，他的作品是影响人类文化的经典作品，是世界上拥有读者最多的作品，也是家喻户晓的作品。

以上两个人现在已众所周知：第一个人是耶稣，他生前受尽了世间的侮蔑责难，死后却受到世人的顶礼膜拜；他的一生告诉我们，一个人只要为众生去求道求索，一生为众生创造奉献出神奇的思想、精神，即使生前没有荣华富贵，死后也是崇高尊贵的；即使生前不被人理解，死后也能受到人们的顶礼膜拜。

第二个人是伊索，他生前受尽了污辱非难，死后却受到世人的尊敬崇拜，他的一生告诉我们，一个卑微渺小的人也能铸造出世上伟大的奇迹壮举，也能创造奉献超群非凡的一生！

创造者永生！奉献者永存！思想者永远！精神者永恒！！！

131. 疯子与名歌

某著名城市向社会公开征集市歌，投稿者成千上万，其中不乏名家大师；作品也数不胜数，其中不乏精彩之作。

征集者从这些成千上万件应征作品中选取了一首最优美动情的歌曲。然而征集结果公布相当一段时间后，却无人前去领取奖状与奖品。征集者一时也难以找到创作这首歌曲的作者。于是征集者利用各种途径、采取各种方法，最后才从本市一所精神病院找到了创作这首歌曲的作者。创作这首歌曲的作者竟然是一个疯子！人们都感到诧异：一个疯子竟能创作出如此美妙动听的歌曲，真是不可思议又难以想象，但这个疯子千真万确就是这首绝美市歌的作者。

征集者询问疯子为何能够创作出神奇绝美的歌曲，疯子说道：“我是个疯子，但决非傻子。别人用眼睛与心灵创作；我是用心魂与精神创作，用心魂作词，用精神谱曲，所以顺其自然便创作出这样独一无二的歌曲。”

以后，这个疯子创作的这首歌曲成了世上的名歌。

大千世界，无奇不有——疯子之智慧，亦能大作为；凡人之痴迷，亦能成奇迹！

独特才非凡，神奇才绝美！

132. 驴子与人类

传说上帝创造生灵时，专门召见了驴子与人类。

上帝对驴子与人类说："你们到了世间，我赐予你们有两种生活，一是不动脑筋、不劳而获的生活，一是勤于思考、勤于劳动的生活，你们从中可以选择一种。"

驴子说："万能的上帝，我选择不动脑筋、不劳而获的生活。"

人类说："仁慈的上帝，我选择勤于思考、勤于劳动的生活。"

上帝说："驴子，你选择不动脑筋、不劳而获的生活，只能以吃草为生，你的一生都是愚蠢可悲的。人类呀！你选择勤于思考、勤于劳动的生活，可以从天地间获得你所需要的美好食物，你将创造世界、主宰世界、拥有世界。"

思想劳动者开创拥有美好，愚蠢懒惰者错失丧失美好！

133. 演说家与服务员

一位著名的演说家到某地一大会堂举行演讲会。人们都慕名争先恐后地购票，准备一睹演说家的风采。

当演说家匆匆忙忙准备进入会场时，一位服务员拦住他，对他问道："先生，你也是来听演讲的，你买票了吗？"

演说家说道："我没有买票。"

服务员说道："对不起了，今天已经没有位置了，请你转道回家吧。"

演说家说道："那么请让我站在演讲台上，好吗？"

服务员说道："演讲台上只有演说家才能站在哪里。"

演说家说道："你如果有梦想，去全心努力，你也可以站立在演讲台上。"

服务员说道："你在开什么国际玩笑，我是一个服务员，怎么可能站在演讲台上，当一个出色的演说家呢？我如果能够成为一个演说家，可以说是一个奇迹了。"

演说家说道："只要你坚持梦想，坚持努力，你一定能够成为演说家，你一定能够创造奇迹。"

服务员说道："你真会凭空瞎说。"

演说家说道："我并非凭空瞎说！我曾经就是一个服务员，我今天必须站到演讲台上，我不能让所有来听我演讲的人失望；我要让人们相信：世上所有的奇迹其实都是由坚信自己、富有梦想、坚持努力的人创造的。"

只要你有梦想，只要你去努力，你也能创造奇迹！

134. 老妪与老头

一个老妪与一个老头，死后一同来到天庭，他俩幸运地见到了上帝。

上帝对他俩说："我可以成全你俩各自一个心愿。"

老妪说道："万能的上帝，生命是多么美好，我真希望自己来生像花儿一样美丽。"

上帝便让老妪成了一个花仙女。

老头说道："神圣的上帝，生命是多么短暂，我真希望自己来生长生不老。"

上帝便让老头变成了一个小丑。

老头埋怨道：“上帝，你真是偏心！我与她一同来叩见你，你为何成全她的心愿，让她做仙女，却使我意愿落空，让做小丑呢？”

上帝说道：“她所思所想都是切实可行，我便成全了她的心愿；而你却痴心妄想，世上那有长生不老的东西，只有小丑才会有这样的想法，所以你的愿望就会落空，你的来生只能做个小丑。”

切实才能如愿以偿，妄想就会事与愿违！

135. 穷人与神仙

一个穷人虔诚地祈祷神仙，给予金钱财富，让他不再贫穷落后。

神仙被穷人的诚心打动，便赐予穷人千万金币。

穷人来到一座美丽的城市，用金币购置了一座庄园，建造了一座高楼大厦。穷人聘请不少的仆人为自己服务。

不久，穷人由于每天开销过大，他的千万金币不仅花得一干二净，而且他欠了不少人的账，他彻底地破产了。穷人为了躲账，开始四处流浪，又变成了贫困之人。

一天深夜，穷人又开始向神仙求助。

神仙来到穷人面前问道："我赐予你千万的财富，你只要善于理财，子孙万代都用之不尽，你为何又来向我求助吗？"

穷人哭泣道："圣明的神仙，我脑袋愚笨，我如果会理财，也不会落到今天这个地步。敬请您开恩，再施舍我一点钱财，让我了却余生吧。"

神仙说道："可怜的人呀！你其实穷的是内心，困的是愚昧，我即使给你整个世界的财富，他也会变成穷困的包袱，说不定还会成为罪恶的灾祸。"

神仙说着便悄悄地离去了——

世上有不少人的贫困往往是内心的贫穷愚昧造成的。穷在内心里，困在愚昧中！

136. 乞丐与画家

一个从小就失去父母的乞丐，只好四处流浪，乞讨为生。

一天夜晚，他突发奇想，自己如果每天用树枝在地上画一幅画，这样既能充实生活，或许有朝一日也能成为画家。

乞丐便立定决心，不管酷署炎热、寒冬腊月，每天都坚持画画。他日复一日，画画的技艺有了极大的长进。

5年后，他来到一座城市，看见一群画师正在雕绘城市雕像。他便在地上用树枝在地上画了一幅《中秋赏月图》的画，所有的人们都对他这幅画赞美不已，连那些著名的画师都自叹不如。人们没有料到一个乞丐竟然能够创作出这样美妙绝伦的画。

乞丐就这样一举成名，成了一位无师自通的画家。

人立于世，一个人只要具有美好的愿望，坚定的信念，努力去做，坚持去做，准都能如愿以偿！

137. 记者与作家

一个记者与一位作家小时候是同班同学，他俩都爱好文学，擅长写作；他俩的写作水平也不相上下。长大后，他俩考上了同一所大学，又在同一个班学习深造。毕业后记者到了一家报社工作，作家到了作协工作。多年以后，记者依然是一名普普通通的记者，作家却成了人们敬佩仰慕的作家。

记者便到作家家中拜访请教道："我与你都是从事文字工作，都是文人，写作水平也不相上下；为何我依然是一个普通的文人，你却成了人们敬仰的作家呢？"

作家回答道："文人是靠文章说话的，作家是靠作品说话的。你作的是一时文章，一时的文章只能流传一时；我作的是千古的文章，千古的文章才能流传千古，所以你依然是一个普通的文人，我却成了人们敬仰的作家。"

追求的目标不同，成就必然大相径庭！

138. 文人与伊索

一个文人一生爱好寓言，创作了不少的寓言，然而他的寓言却没人喜欢，最后郁闷而死。

他死后来到了天堂，见到伊索大师。

文人便向伊索诉苦道："大师，我的寓言怎么没有人喜欢呢？"

伊索沉默不语，他仔细地看了文人的一篇寓言，说道："你的寓言又长又臭，怪不得没人看呀！"

文人说道："我的寓言写得长，是为了创新发展；我的寓言写得臭，是为了出奇制胜。”

伊索说道：“寓言本来是用浅显易懂的故事来说明博大精深的道理，他一个主要特征就是简单明了、通俗易懂、美妙绝伦；然而你所谓的寓言罗罗嗦嗦、晦涩难懂、臭不忍看，叫人读了仿佛有点人不像人、鬼不像鬼、神不像神的感觉。你既然热衷于自己的寓言，你就独自去欣赏自己的杰作吧。”

创新不能背离本性，发扬不能离开继承！

139. 商人与神仙

从前，有一个商人日思夜想都渴望成为富翁。

有一天夜晚，他梦见一个神仙对他说：“世上有一个地方，叫坎坷地；坎坷地有一座高山叫磨难山；你只要到了磨难山顶，就可发现无穷无尽的财宝，很快就会成为富甲一方的富翁。”

第二天，商人便去寻找磨难山。他千里跋涉，经过千辛万苦，翻山越岭，到达了坎坷地；历尽艰难险阻，终于登上了磨难山顶。

当他爬到山顶，只见山顶荒芜萋凉、阴森恐怖，处处寒风刺骨、危然耸立；环顾四周，哪里有什么财宝呢？

正在他大失所望时，神仙来到他身边对他说：“天地处处有财富，你只要开发自己的心田，涵蕴自己的内质，利用自己的资源，发挥自己的潜能，挖掘身边的财富，就会得到无穷无尽的财富；又何必到这高山上来寻找财宝呢？”

商人埋怨道：“贤明的神仙，你为何要我历经坎坷磨难，才赐予我这点石成金的昭示呢？”

神仙反问道：“你如果不经历坎坷磨难，会相信我告诉你身边就有财宝的话吗？”

商人沉思默想了一会儿，如实回答道："不会。"

神仙问道："那么你现在是否相信你身边就有财宝呢？"

商人说道："我还是有点怀疑。"

神仙说道："你家门口一块大石头下面就埋藏着财宝。"

神仙说完这番话，便消失得无影无踪。

当商人回到家中，他真的从自家门口一块大石头下面，挖出了无数的财宝。

商人见到那些财宝，幡然醒悟道："原来神仙一直在启示我、考验我、指点我。"

启示是金，磨难是金，实施成金。

140. 无知者与明智者

一个无知者不学无术，但他总喜欢夸夸其谈吹嘘自己很有学识、很有才华。

有一天，无知者遇到一位博学多才的明智者，他对明智者说道："大师，凭我俩的才学，在一起共同合作探讨世界的奥秘，结果必将不言而喻地神奇。"

明智者说道："是呀！我俩如果在一起共同合作，就将拥有整个世界，结果定会神奇美妙。"

无知者惊诧道："这是为什么呢？"

明智者说道："我有一个小小的有知世界，而你有一个大大的无知世界，我的世界加上你的世界，我们不是完全能够拥有整个世界吗？这个结果真是美妙无比呀！"

无知者听了明智者这番话面红耳赤，赶紧灰溜溜地离开了——

自以为是，往往愚昧可笑！

141. 文学青年与文学大师

一个文学青年去拜访一位文学大师，请教创作之道。

文学大师说道："创作有四个层次。"

文学青年问道："那四个层次呢？"

文学大师说道："最低层次的是为自己创作，为自己的功名利禄创作，这种创作人人都会，人人都能，人人都在做。"

文学青年说道："大师，您是说每个人的一生其实是在为自己创作。"

文学大师说道："是呀！这种创作是最卑浅、最渺小的创作，这是生存本能创作。"

文学青年问道："那么第二个层次的创作是什么？"

文学大师说道："第二个层次的创作是为读者、为众人而创作，这需要一定的创作技能，读者、众人读了其作品，能够有所收获。"

文学青年说道："您是说这种创作是谋生之作。"

文学大师说道："这是为生活而创作，是生活技能创作。"

文学青年问道："那么第三个层次的创作是什么？"

文学大师说道："第三个层次的创作是为祖国、为民族而创作，这需要一生的创作信仰，这是生命创作。"

文学青年问道："大师，第四个层次的创作是什么？"

文学大师说道："第四个层次的创作是为天地、为人类而创作，这需要坚定的创作精神，这是灵魂创作。"

文学青年问道："如何从一个低层次升华到一个高层次呢？"

文学大师说道："首先心胸要宽阔，胸怀大志，追求要高，目标高

远；其次要不断学习，不断求索，不断努力，以惠益天下之心，求惠泽天下之作，自然而然会从一个低层次升华到一个高层次。”

文学青年说道：“大师，您是说心胸宽广，追求高远，努力践行，自然成就巨大；精神升华，作品必然就会升华。”

文学大师微笑道：“你一点就通，努力去做，自然有所造化。”

心之越广，求之越高，行之越恒，成之越大！

142. 小丑与大师

一个小丑向一位有名的大师诉说道：“我个子比你高大，形象比你英俊，各方面都不比你差，为何人们赞美你是大师，却嘲笑我为小丑呢？”

大师说道：“可能是人们搞错了。我其实是一个平凡渺小的人，做了一件极为渺小的事，人们却赞美我为大师，我深感惭愧；你各方面都比我优秀，其实应该是大师。”

小丑问道：“你做了一件什么独特的事呢？”

大师说道：“我写了一本《小丑与大师》的小说。”

小丑问道：“这本书的主题主要讲述什么呢？”

大师说道：“大师知道自己的渺小，才会成为大师！小丑不知道自己的丑陋，就会成为小丑！”

小丑听了大师这番话，马上悻悻不乐地溜走了。

大师知道自己的渺小，才会可敬！小丑不知自己的丑陋，才会可恶！

143. 议论者与纪伯伦

有甲乙丙三个议论者常常在一起议论纪伯伦的文章属于哪个范畴，为此争论不休，谁都无法说服谁。

他们死后一同来到了天堂，拜见纪伯伦。

甲说道："先哲，我认为你的文章属于哲学范畴，对吗？"

乙说道："先师，我认为你的文章属于神学范畴，对吗？"

丙说道："大师，我认为你的文章属于文学范畴，对吗？"

纪伯伦说道："我在人世时善于创作散文诗，从未探究过我的文章是属于那个范畴，我只知道勤奋写作。"

三个人灰心丧气地离开了。

他们又在一起议论起来。

甲说道："一代先哲，竟然不知道自己的文章属于那个范畴，这不是天大的笑话吗？"

乙说道："一代大师，竟然不知道自己的文章属于那个范畴，这真是不可思议。"

丙说道："一代文豪，竟然不知道自己的文章属于那个范畴，真不明白他是怎样才成为大师的呢？"

他们议论来议论去，最后依然无果而散——

庸人总是喜欢说三道四，往往一事无成；智者总是执著默默努力，常常成就非凡！

144. 哲学家与寓言家

有一天，哲学家遇到寓言家。

哲学家对寓言家问道：“你的寓言包涵了哪些哲学思想呢？”

寓言家说道：“我是一个寓言家，并不知道我的寓言包涵了哪些哲学思想。”

哲学家说道：“那么你就不是真正的寓言家。”

寓言家问道：“你的哲学包涵了哪些寓言道理呢？”

哲学家说道：“我是一个哲学家，并不知道我的哲学包涵了哪些寓言道理。”

寓言家说道：“那么你就不是真正的哲学家。”

尔后，寓言家开始热衷于探索哲学，再也写不出新的寓言，他在哲学方面也无所建树；哲学家却开始钻研寓言，在哲学方面再也没有创新，在寓言方面也无所成就。

被别人的思想所左右，往往会失去自我！

145. 诗人与名著

有一位诗人，从小酷爱诗歌，他历经沧桑、含辛茹苦创作了一本诗集。

当诗人的这本诗集付梓出版发行后，由于他没有一点名气，加上诗歌市场的萧条，他的这本诗集销量极差。

诗人尽管痛苦沮丧，但并没有灰心丧气；他觉得自己没有作好诗，他的诗还不能打动读者，他要更加努力、写出更好的诗来，引起读者的共鸣共赏。诗人反复不断地在创作意境、技巧、手法，甚至在语词上都寻求创新突破，一生都在修改完善自己的这本诗集。

诗人临死时在其日记上写道："没有作好，没有作好，我一生都没有作好呀！"人们在他的那本诗集的扉上发现他的留言："我深深地知道——诗歌贵在创新，我不能走别人的路，走别人的路，我就会死亡，在这一点上我没有作好！我深深地明白——诗歌贵在跨越，跨越过去，跨越现在，跨越时代，诗歌才能永恒，在这一点上我没有作好！没有作好，我要努力，必须作好！没有作好，我要努力作好，定要作好。"

多年以后，人们发现诗人用心血创作的这部与众不同、独特非凡的诗集是一本不朽的诗歌名著，人们不仅为他的诗歌之美所陶醉，更为诗人"没有作好，我要努力，必须作好！"的精神所感动。

没有做好，努力做好，才能做好！

146. 母亲与孩子

一位年轻的母亲身患绝症，医生说她最多只能活三个月。她那时又被无情的丈夫抛弃了。她真是倒霉不幸到了极点，然而她却顽强地活了十八年。

当她临死时，她对自己十八岁的孩子说道："孩子，你刚出生三个月，你无情的父亲不仅抛弃了我、也抛弃了你。我在身患绝症最艰难的时候，每天都对自己说，我不能死，我的孩子需要我，我深深地爱着我的孩子，敬请爱帮助我吧！这种深沉博大的爱，让我创造了生命的神奇。现在你已长大成人，你要好好地爱自己、爱生活、爱人间。孩子，我不能再陪伴你了，你要凭借爱去创造生活的奇迹。"

这个孩子牢记了母亲临终诲言，他凭借爱，最终成了一位世上有名的慈善家。

这位母亲是谁？让我来告诉你，每个深爱自己孩子的母亲都是她的化

身。

这个孩子是谁？让我来告诉你，每个热爱自己、热爱生活、热爱人间的人是他的原型。

热爱，创造神奇！博爱，创造奇迹！

147. 邪教士与邪教徒

有一天，一位邪教士给邪教徒传教，言道："吾教神圣无比，吾主神圣万能，凡信仰崇敬吾教、吾主的众生，皈依信奉吾教、吾主的众徒，吾主都将赐福庇护你们，你们就将永远处于幸运快乐中。"

一位邪教徒提问道："师父，我不仅信仰崇敬吾教、吾主，而且皈依信奉吾教、吾主，为何吾主不赐福庇护我，我常常处于痛苦不幸中呢？"

邪教士说道："这是因为你的心还不诚。"

邪教徒说道："我为了信仰崇敬吾教、吾主，将自己所有的家产都捐献出来了；为了皈依信奉吾教、吾主，将自己所有的精力都投入忠教、忠主的事业中，难道我这样一番赤胆忠心也是心不诚吗？"

邪教士说道："你应该一心一意、无怨无悔地奉献自己的一切，你的心才是真正的忠诚。"

邪教徒说道："吾教的神圣就是要求我们一心一意、无私无偿地奉献自己的一切，吾主的神圣就在于要求我们全心全意、无怨无悔地奉献自己的一切，让众生众徒受苦受难，来造就吾教的兴旺发达、成就吾主的荣华富贵吗？"

邪教士大声训斥道："你简直在胡说八道。"

邪教徒不甘示弱道："你一直在妖言惑众。"

最后，这个邪教士灰溜溜地溜走了。

虚伪的说教往往就是欺骗！

148. 数学家与发明家

数学家对发明家请教道："你为何喜欢发明呢？"

发明家反问道："你为何喜欢数学呢？"

数学家回答道："我从小就对数学富有浓厚的兴趣，特别喜欢数学。"

发明家说道："我从小就对发明富有浓厚的兴趣，特别喜欢发明。"

数学家问道："兴趣使你走向成功之路、成为发明家。"

发明家回答道："不纯粹是这样的。"

数学家问道："那么是什么使你走向成功之路、成为发明家呢？"

发明家回答道："我开始是对发明富有浓厚兴趣，热爱发明。我在发明中认识到——发明是一项对社会、对人类都极有价值的事，就更加专注执著于发明。我不断地努力，顺其自然走向了成功之路，成了一个发明家。"

数学家感叹道："我也与你一样，我开始是对数学富有浓厚兴趣，热爱数学。我在探求数学的过程中发现——数学是一项对社会、对人类都极有价值的事，也更加专注执著于数学，我不断地努力，顺其成了一个发明家。其实热爱是成功之基础，有益是成功之向导！"

热爱是成功之基础，有益是成功之向导！

149. 奉献者与感恩者

奉献者遇见感恩者。

奉献者对感恩者问道："你为何总是对天地人间感恩戴德呢？"

感恩者回答道："我来到世上，父母养育了我，老师教育了我，亲人、同学、友人帮助了我，祖国与人民造就了我，天地人间成全了我，我时时铭记天地人间的真情，时时对天地人间感恩戴德。"

奉献者感叹道："你受之永铭、感恩永恒，真是一位可歌可泣的感恩者！"

随后，感恩者对奉献者问道："你为何总是全心全意地奉献自己呢？"

奉献者回答道："我来到天地人间，父母给了我生命，老师给了我知识，亲人给了我亲情，同学、友人给了我友情，祖国与人民给了我厚爱，天地人间给了我博爱，我唯有全心全意地奉献自己，才能无愧于自己的生命。"

感恩者赞叹道："你知恩图报、奉献永远，真是一位可敬可佩的奉献者！"

感恩明晓奉献心，奉献回报感恩情！

150. 国王与宰相

一个夏日的夜晚，天气相当炎热，国王与宰相等人一起在园林里散步。突然一只蚊子飞到国王的脸上狠劲地吸血。国王痛得脖然大怒道："真是没有王法了，一只小小的蚊子竟然敢侵犯欺凌本王。宰相，传我圣旨，决不允许蚊子再到园林来，否则格杀勿论。"

宰相劝慰道："国王，您请休怒，不必与蚊子计较，蚊子只服自然之法，不服人类王法。"

国王神气十足道："难道人类王法不如自然之法。"

宰相轻言细语道："人类王法只能遵循自然之法。"

国王暴跳如雷道："这不是反了吗？"

正在国王恼羞成怒时，又一只蚊子飞到国王的脸上更加狠劲地吸血。

国王痛得哇哇大叫道："难道威力无比的人类王法制止不了一只小小的蚊子吗？"

宰相颤颤抖抖地说道："王法威力无比，但也要遵循自然之法。蚊子可认不得国王，他只服自然之法，不服王法。"

凡事必须遵循自然道法，才能遂心如愿！

151. 贪官与盗贼

一个贪官与一个盗贼在牢狱里相遇。

贪官对盗贼问道："你有头有脑，有手有脚，为何要四处盗窃呢？"

盗贼回答道："我生来好逸恶劳、好吃懒做，懒于开动头脑、惰于劳动手脚，不四处盗窃，就无法生活。"

贪官感叹不已道："你这个可悲的家伙，原来是懒惰毁掉了你的一生。"

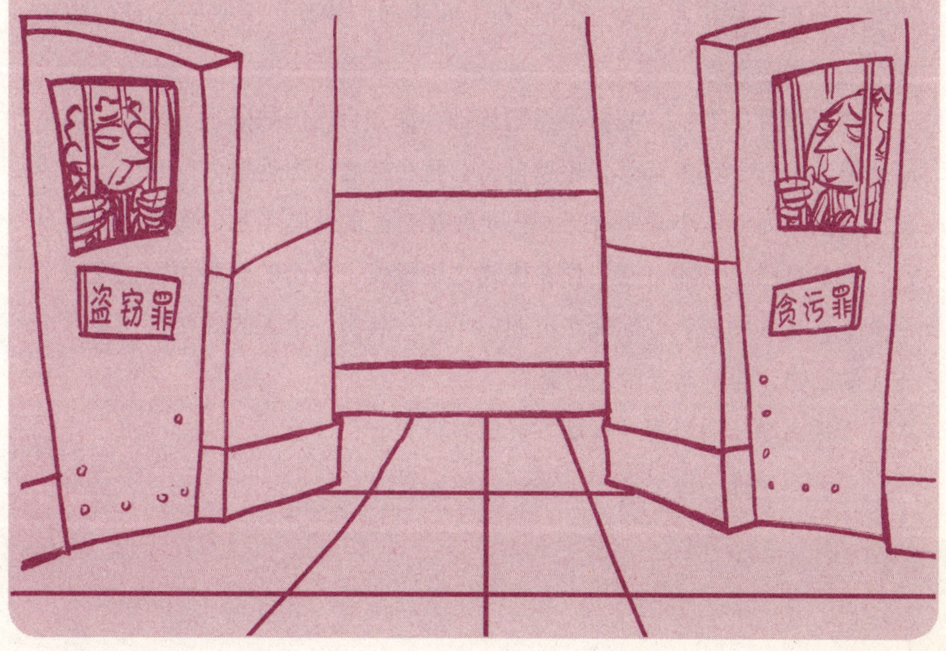

随后，盗贼对贪官问道："你有权有位，有吃有穿，为何要贪赃枉法呢？"

贪官回答道："我生来贪心不足、贪婪成性，贪心权贵钱财、贪焚欲望享受，不贪赃枉法，就寝食不安。"

盗贼感感慨万端道："你这个可恶的东西，原来是贪婪葬送了你的一生。"

懒惰往往毁灭自己，贪婪常常葬送自己！

152. 聪明者与愚笨者

有两个相邻而居的同龄人，一个从小聪明灵巧（以下简称聪明者），另一个从小愚蠢笨拙。然而多年以后，愚笨者成了卓有成就的名人，聪明者却成了平平凡凡的庸人。

有一天，聪明者遇见愚笨者，便向愚笨者请教道："我从小比你聪明；为何你成了卓有成就的名人，而我却依然是一个平平凡凡的庸人呢？"

愚笨者回答道："我从小愚蠢笨拙，深知自己的缺陷不足，就必须不断地努力自己、完善自己、超越自己；我在持之以恒地努力奋斗中，才成就了自己。而你从小聪明灵巧，很难发现自己的缺陷不足，你总是优越自己、满足自己、停滞自己，你在优越之中毁掉了自己的聪明才智，变成了一个平平凡凡的庸人。你现在可明白了——其实一个人的成就往往不在于先天的聪明，而得益于后天的努力。"

聪明者听了愚笨者这番话，恍然大悟——

成功往往属于持之以恒、勇于进取的努力者！

153. 圣人与魔鬼

很久以前，世上曾经有两座迥然不同、互对耸立的高山，一座名为圣山（据说是上帝所造），另一座名为魔山（据说是魔鬼所建）。圣山上住着一位圣人，他常常在圣山上修炼；魔山上住着一个魔鬼，他常常在魔山上练功。

有一天，圣人与魔鬼下山检验自己的功力，恰巧不期而遇。圣人向魔鬼布道善之美妙，魔鬼向圣人宣扬恶之奇妙。

自此以后，魔鬼每天勤修善心，圣人每天勤练恶功。不久，圣山变成了魔山的形状，魔山变成了圣山的面貌。

尔后，圣人见到魔鬼美好的形象，他大为吃惊道："你怎么变成了我原来的模样呢？你的那座魔山为何变成我原来的那座圣山呢？"

魔鬼回答道："我自从听了你善之布道，就修养善心，就变成你原来那个模样了；我生活的那座魔山也变成了你原来的那座圣山。"

随后，魔鬼看见圣人丑陋的面容，极为惊讶道："你怎么变成了我原来的模样呢？你的那座圣山为何变成我原来的那座魔山呢？"

圣人回答道："我自从听了你恶之宣扬，便修炼恶功，就变成你原来那个模样；我生活的那座圣山也变成了你原来的那座魔山。"

为善，便成圣人；作恶，便为魔鬼！

154. 寓言作家与灵感之神

一位寓言作家，为了写出绝妙的寓言，他四处游山玩水、交际活动、寻找灵感之神，然而却收效甚微。他创作的那些寓言平淡乏味，自己极不

满意。寓言作家为此心烦意燥，埋怨灵感之神不青睐自己。

有一天，他正在沉静深思之时，灵感之神竟然出现在他面前，对他悄悄言道："你别再东南西北地四处寻找我了，我其实就在你的身边，每时每刻都紧紧地跟随着你。你四处游山玩水，我也跟随你四处游山玩水；你四处交际活动，我也跟随你四处交际活动；你心烦意燥，我也心烦意燥；你飘浮，我也飘浮；你痛苦，我也痛苦；你埋怨我不青睐你，我也埋怨你不发现我。我的主人，只有当你闭门思过、冷静深思时，你才会窥见发现我。"

静思是灵感之泉，是灵感之魂！浮燥是灵感之雾，是灵感之敌！

155. 作家与大师

一位作家近来一直写不出一篇好文章，极为苦恼，便去请教一位有名的心理大师。

作家言道："大师，我为何现在写不出一篇好文章呢？"

大师瞧着作家烦燥憔悴的形影，一针见血道："你现在心情漂浮，怎能写出好文章呢？"

作家说道："大师所言极是，我现在心情确实相当漂浮，那么怎样才能去掉漂浮呢？"

大师并没直接回答，而是找出一块海绵，问道："这是什么呢？"

作家回答道："海绵。"

大师问道："他是不是很漂浮呢？"

作家回答道："是呀！"

大师随即将这块海绵丢到一盆水中，不久海绵就沉到了盆底。

大师问道："他现在还漂浮吗？"

作家回答道："他现在吸取了很多水分，加重了自己的分量，已远离漂浮了。"

大师说道："你现在明白了吗？"

作家恍然大悟道："吸取知识的养料，沉入生活之底，负重加压，便能远离漂浮。"

透彻生活，负重加压，远离漂浮；便能丰富充实自己，心想事成造就自己！

156. 教徒与教主

教徒向教主请教道："上帝在哪里？"

教主反问道："你见过上帝吗？"

教徒如实回答道："我从未见过上帝，但我信仰上帝。"

教主说道："你从未见过上帝，然而你却信仰上帝，那么上帝就在你心里。"

教徒困惑道："上帝怎么就在我心里呢？"

教主说道："上帝自诞生以来，其实就是一种美妙的精神产物，就是一种美好的信仰。你信仰上帝，上帝即使不存在，对你也会影响深远；你信仰上帝，他就在你的心里，就会引导你的人生。你如果不信上帝，上帝即使存在，他对你也毫无意义，上帝也是虚无。"

教徒听了教主这番话，豁然开朗——

信仰上帝，上帝就在心里；不信上帝，上帝就是虚无！

157. 基督教徒与天主教徒

曾经有两个人：一个人信奉基督教，是虔诚的基督教信徒（以下简称基督教徒）；另一个信奉天主教，是忠实的天主教信徒（以下简称天主教徒）。

他俩只要在一起，就会针锋相对地争执不已：一个高谈阔论上帝的神圣，一个旁征博引天主的伟大；各言各的道是世上最睿智、最神圣之道，各说各的理是世上最通情、最达理之理。

他俩争执以后，又刻苦钻研自己的经学，求索自己的真经，以求能够说服对方。他俩学识道行都极高，是当时名躁一时的名人。

有一天，基督教徒不幸去世，伊斯兰教徒亲自去参加基督教徒的葬礼。他毕恭毕敬地向基督教徒默哀致礼，心中一直喃喃道："我的仇敌呀！你为何要先行一步去参见你的上帝、为何不愿再和我在一起争论探讨呢？你是否害怕我的学识比你更高？唉！你死都召唤着我呀！你真是可敬、可恨之极！我缺少你，现在也无法生存了，也只好去参见我的安拉了。"

伊斯兰教徒随后也辞世了——

竞争激发生机，无争引发死亡！

158. 书呆子与成功者

书呆子对成功者请教道："我读了很多的书，学了很多的知识，可是却一事无成；你读的书不如我多，为何却能大成大就呢？"

成功者反问道："你读了哪些书，钻研哪些学问呢？"

书呆子回答道："我读过大学生的书、研究生的书、博士生的书，钻研过历史地理、数学化学、天文物理这些学问。"

成功者问道："你有什么新发现吗？"

书呆子回答道："没有。"

成功者说道："你读了很多的书，学了很多的知识，钻研了很多的学问，可是你却没有自己的新发现，那些知识、那些学说最终都是别人的，当然会一事无成。而我主要只学了一门成功学，我将别人的成功经验化自

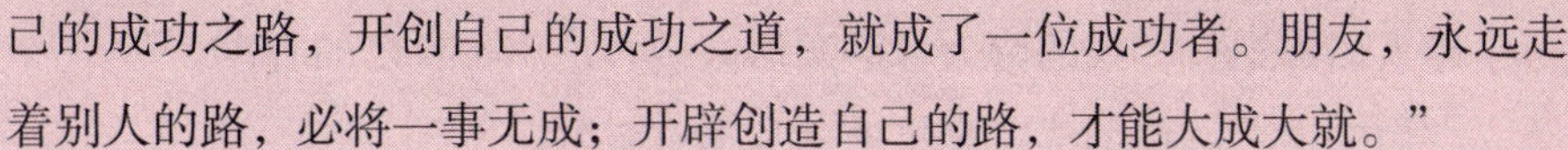

己的成功之路，开创自己的成功之道，就成了一位成功者。朋友，永远走着别人的路，必将一事无成；开辟创造自己的路，才能大成大就。”

成之自道，败之他道！

159. 诗人与李白

一位诗人因为人间不得志、灰心失意而自杀，其灵魂飘荡来到了天堂，见到了伟大的诗人李白。

诗人向李白诉苦道：“尊敬的诗仙呀！现代人越来越不爱现代诗了，他们都喜爱古典诗。唉！这真是人间的可悲，我年纪轻轻，不得不自绝人世呀！”

李白问道：“你是在为谁作诗呢？”

诗人回答道：“我纯粹为自己作诗，希望以诗抒情、以诗传情，得到人们的理解支持。”

李白问道：“你的诗为谁倾诉心声，道出了谁的心声呢？”

诗人回答道："我的诗为自己倾诉心声，道出了自己的心声。"

李白问道："你的诗达到了怎样的高度呢？"

诗人回答道："我的诗非常深奥，达到了美妙绝伦的高度，一般的人都看不懂。"

李白问道："你理解人们吗？"

诗人回答道："我不理解人们，人们也不理解我，我才自绝人世。"

李白说道："你纯粹为自己作诗，就自我欣赏自己的诗吧！你的诗为自己倾诉心声，就自我呐喊吧！你的诗非常深奥，连我这个诗仙都看不懂你的诗，就不要在人间诉苦，也不要到我这里来诉苦，你就永远痛苦孤独地自我诉苦吧！你不理解人们，却要强求人们理解你；你不反思自己，却一味地怨怪人们。你根本就不配作一个诗人，只能算是一个无赖！其实，人们需要道出他们时代心魂的美妙绝伦的诗，而决不需要那种自我呻吟、狗屁不通的无聊之诗。"

不理解人们的诗人，称不上诗人！不理解人们的文人，算不得文人！不理解人们的作家，不配为作家！

160. 求索者与大作家

一位著名的大作家，年纪轻轻就成名成家，其作品不仅数量多而且质量佳，人们赞誉他为天才作家。

一位年轻的求索者渴望成名成家，便去拜访大作家，向他请教道："老师，我如何才能象你一样找到成功的捷径、一举成名呢？"

大作家问道："你会写作吗？"

求索者回答道："会一点点。"

大作家说道："你现在就写一篇大作给我看看。"

求索者说道："我是一个平凡的求索者，只能写一点小东西，现在无能为力写出大作。”

大作家说道：“我也是一个平凡的求索者，只能一字一词、老实巴交地努力创作，现在也无能为力告诉你成功的捷径。”

求索者说道：“你是众所周知的名家，被世人称为天才作家，难道真的不能告诉我成功的捷径吗？”

大作家说道：“我真的没有什么成功的捷径，也无法告诉你成功的捷径。”

求索者问道：“那么你怎么年纪轻轻就能成名成家呢？”

大作家说道：“我从小就一直勤奋努力，持之以恒地勤奋努力，我也没有料到自己年纪轻轻就能成名成家。”

求索者问道：“那么你为何能写出又多又好的作品呢？”

大作家说道：“我每天都胡思乱想、疯狂执著地创作，顺其自然就写出了那些拙作。”

求索者问道：“老师，难道成功真的没有捷径吗？”

大作家说道：“成功也有捷径，你如果能够像我一样地每天都坚持创作，照样也能成为天才名家。”

求索者问道：“成功的捷径是什么呢？我怎样才能像你一样，成为天才名家呢？”

大作家说道：“成功的捷径就是勤奋加努力，除此以外，别无捷径。你如果能像我一样地勤奋努力，也一样会成为天才名家。”

除了持之以恒地艰辛努力，世上从来就没有轻而易举的成功捷径！

161. 记者与伊索

一位记者死后在天堂里采访寓言大师伊索。

记者向伊索问道：“大师，你一定是知识渊博，才会创作出流传千古

的寓言。”

伊索回答道：“我曾经是一个奴隶，并非知识渊博。”

记者问道：“那么你一定才智超群。”

伊索回答道：“我是一个普普通通的奴隶，也并非才智超群。”

记者问道：“那么你怎么能够创作出流芳百世的寓言呢？”

伊索回答道：“我是一个小人物，不会作大文章，只能胡思乱想、构思一些小寓言。我一生专心致志，一心一意执著努力，才创作出与众不同的小寓言，其实何足挂齿。”

记者感叹道：“原来你总是专心致志，专注执著，才大成大就，成为举世闻名的寓言大师呀！”

专心致志，专注执著，大成大就！

162. 富裕者与智慧者

一位富裕者对一位智慧者嘲弄道：“你知识渊博，富有智慧，为何你的财富却不如我多呢？”

智慧者问道：“你认为上帝是不是一个知识渊博、智慧无穷的神圣者呢？”

富裕者回答道：“上帝知识渊博，是个智慧无穷的神圣者。”

智慧者说道：“我现在给你讲一个上帝的故事吧！有一天，上帝带着一个天使巡视人间，上帝骑着一匹高大的马走在前面，天使挑着一担金银财宝跟随在后面。一路上天使气喘吁吁，他对上帝诉苦道——主呀！我挑着这些金银财宝真痛苦！上帝说——孩子，你挑着这些金银财宝，拥有他们应该感到高兴，而不应觉得痛苦。天使说——我虽然拥有这些金银财宝，但我却不能驾驭他们；他们其实是主你赐给我的；这些金银财宝对我来说，可是痛苦的包袱。上帝说——你来做上帝、我来做天使。天使说——我没有你这样的大智大慧，岂敢胡作非为。上帝说——那么你就忍受一下痛苦，把痛苦当作欢乐吧！”

富裕者听了智慧者这个故事，羞愧不已——

千万不要随便嘲弄智者！

163. 魔鬼与美女

一日，魔鬼来到人间，看见一个美女在流泪哭泣。

魔鬼走到美女面前问道：“你为何哭泣？”

美女诉说道：“我是天下美貌绝伦的美女，可是我默默无闻，得不到天下人的青睐赏识，为此而哭泣。”

魔鬼说道：“你如果能够奉献你的姿色美貌，我就能让你如愿以偿。”

美女说道：“只要我能天下扬名，得到天下人的青睐赏识，我愿意奉献自己的姿色美貌。”

魔鬼说道：“你只要跟随我，不久就将天下闻名，得到天下人的青睐赏识。”

美女仍然流泪悲伤道：“我渴望得到拥有天下一流的财富。”

魔鬼说道：“你能否出卖你的内心灵魂呢？”

美女说道：“我只要能得到拥有天下一流的财富，心甘情愿出卖我的内心灵魂。”

于是魔鬼带着美女来到一个神秘的地方，那里有许多金银财宝，很多面目狰狞的妖魔鬼怪一见到美女都高声大叫道：“天下的美女，我们都爱你呀！”

美女惶恐地问道：“这是什么地方？怎么有这么多可怕的妖魔鬼怪呢？”

魔鬼回答道："这是地狱，地狱当然会有很多妖魔鬼怪，他们都是我的徒子徒孙。"

美女大声叫喊道："你为何要把我带到这可怕的地狱？这不是成全我，而是要毁灭我。"

魔鬼哈哈大笑道："你贪求名利，不惜出卖自己的姿色美貌、出卖自己的内心灵魂，你投入我的怀抱，当然会步入地狱，这可是你毁了自己。"

贪求名利，往往会走火入魔，毁了自己！

164. 思想家与大作家

一位当代的思想家遇到一位当代的大作家。

思想家向大作家问道："你的作品为何总是写一些下流庸俗的东西呢？"

大作家回答道："如今是开放的世界，我要开创开放文学之路，创作开放作品；我的那些作品紧贴现实，才能赢得读者的青睐。"

思想家问道："作家的神圣职责是什么？"

大作家回答道："我认为作家的神圣职责是反映现实，揭露现实。"

思想家说道："你知道作家的最神圣职责是引领现实、改良现实吗？"

大作家辩解道："我写的那些东西其实是回归自然，回归人性。"

思想家说道："人性最美好的东西不是下流庸俗，而是高尚善美。你那些下流庸俗的东西是倒退原始、污辱人性。你可以做一些下流庸俗的事毁掉自己，但你决不能用下流庸俗的作品去污染社会。你可明白——只有高尚善美的思想才能造就高尚善美的人，下流庸俗的思想必将造就下流庸俗的人！"

大作家听了思想家这番话，立即悻悻不悦地离开了。

高尚善美的思想才能造就高尚善美者，下流庸俗的思想必将造就下流庸俗者！

165. 文人与牧师

一个文人到教堂里做礼拜。

当他祈祷完毕，一个牧师来到他身边说道："你这样虔诚，死后上帝一定会让你上天堂的"。

文人说道："我真诚地祈祷上帝让我死后下地狱。"

牧师困惑不解地问道："你怎样这样傻呢？你死后却愿意下地狱，这真是不可思议。"

文人说道："我是个独特的文人，我感到自己每天生活在地狱里，我只有在地狱里求索，才能创作出与众不同的精美作品；所以我愿意死后也到地狱里求索，创造出一座金碧辉煌的文学宫殿。"

牧师感慨万端道："原来你的地狱就是磨砺自己，你的地狱其实就是天堂。"

炼狱式的生活才能造就辉煌人生！

166. 倒霉的农夫

从前，有一个年青的农夫，接二连三地遭受种种灾难性的打击；年初，他唯一的儿子掉进水塘里淹死了；年中，天发旱灾，他家农作物颗粒无收，他只好带着老婆外出乞讨；谁知在途中，老婆得了绝症，无钱医治、痛苦而死。

农夫绝望到了极点，他来到山顶准备跳崖自杀。这时来了一个和尚，询问他为何想不开。

农夫说道：“我今年倒了一年霉，简直倒霉到了极点，我不想活了。”

于是农夫眼泪汪汪、一五一十地将自己倒霉不幸的情况讲给和尚听。

和尚说道：“一个人倒霉到了极点，就会转运了。”

随后和尚耐心地开导农夫，并且收留农夫为徒弟。

日后，农夫跟随和尚修行，最终成了一位得道的高僧。

人生往往就是这样：倒霉到了极点，人生的命运就会转变。

167. 作家与首相

曾经有一个国家的一个著名作家，他八十岁时荣获了世界最高荣誉奖，全国人民都为他欢欣鼓舞。

有一天，作家与首相相遇，首相立即伸出手来，向作家获奖表示崇高的敬意。

作家却拒绝握手，他相当冷淡地说道：“一个即将入土为安的人，是无法将名利荣誉带进坟墓的；我现在对于名利荣誉都无所谓了，请你不要挡住我前进的路。”

作家由于年老体弱，他说话时不慎摔了一跤。首相立即准备动手去扶，作家又毫不犹豫地拒绝了。

当作家顽强地从地上站立起来，他面带笑容地说道：“一个即将走下坡路的人，是不需要任何人来扶的；请你去扶那些走上坡路、期待帮助的人。”

作家说着，便昂首挺胸地离开了。

首相站立在哪儿，瞧着作家远去的背影，即心生崇敬、又深感愧疚——

济困须济急难时！

168. 老人与神仙

一个德高望重的老人从小就求道修行，希望自己有朝一日能够得道成仙；然而至到他年老体弱，依然没有如愿以偿。

有一天深夜，他在梦中梦见神仙，便对神仙诉苦道：“万能的神仙，我一直求道修行，行善奉献，希望自己能够得道成仙；为何我现在都不能如愿以偿呢？”

神仙反问道：“你一直求道修行，行善奉献；你是否得到周围人们的尊敬爱戴呢？”

老人说道：“我一直求道修行、行善奉献，幸运地得到了周围人们的尊敬爱戴。”

神仙说道：“那么你已经得道成仙，已经是神仙了。”

老人困惑道：“我怎么可能是神仙呢？你不是在耻笑我吗？”

神仙说道："你得道成仙后，是不是希望自己做一个人们尊敬爱戴神仙呢？"

老人说道："是。"

神仙说道："我并非耻笑你，而是如实敬告你：你在人间确实已经得道成仙了。"

老人疑惑道："这不可能吧。"

神仙说道："你一直求道修行，行善奉献；已经将自己塑造成一个人们尊敬爱戴的人，你这就是已经得道成仙了。你可知道——世上的每个人都是母亲缔造的神仙，每个善良奉献的人都是自己塑造的善良之神与美好之神。"

神仙说完这番话，便悄悄地离开了；老人瞬间梦中惊醒——

其实，每个人都是母亲缔造的神仙，每个善良奉献的人都是自己塑造的善良之神与美好之神。

169. 国王与大师

从前，有一位酷爱文学的国王，他收养了一批文人，这些文人专门为他创作一些歌功颂德的作品，供其欢心娱乐。但久而久之，国王就厌烦那些阿庾奉承的文人，也厌倦了那类歌功颂德的作品，。

国王听说民间隐居一位百姓非常喜爱的文学大师。他派人千方百计将大师请到了王宫里。大师给国王讲了很多幽默新奇而又富有哲理的故事，国王听了如痴如醉，超级喜爱。尔后国王又读了一些大师精美的小品文，他感到大师确实非同寻常。国王相当欣赏大师的文学奇才，强烈挽留大师留在王宫。然而大师却不愿呆在王宫。

大师临行前，国王向大师请教了一个问道："我王宫里豢养了一群文人，他们生活舒适安宜，为何却创作不出神美的作品；而你隐居飘泊在民间，却能创作出神奇的作品呢？”

大师并未直接作答，而是问道：“尊敬的国王，你喜欢吃花生吗？”

国王说道：“我特别喜欢吃甜美的花生。”

大师便请国王叫人从王宫里拿出一盘花生，他将花生剥皮后一分为二，然后对国王说道：“尊敬的国王，请你叫仆人将这些花生一半放在王宫最华丽的地方，另一半花生由我放到王宫外面的垃圾堆里。半年后，我再来告诉您答案。”

过了半年，大师来到了王宫，拜见国王。大师询问国王那些放在王宫最华丽的地方一半花生现在情况怎样了。

国王说道：“大师，那些被放在王宫最华丽地方的一半花生，没有多久都腐烂变质了，现在都已经被仆人丢到垃圾堆里了。”

大师说道：“尊敬的国王，现在劳驾您，与我一同去看看放在王宫外面垃圾堆里的另一半花生，瞧瞧他们的情况怎样了。”

国王跟随大师来到王宫外面垃圾堆旁，只见一片长势喜人的花生正在开花结果，大师随便扯了一株花生，那株花生竟然长出很多厚实的花生。

大师说道：“国王，您现在找到答案了吗？”

国王困惑道：“我还是不明白王宫里豢养了一群文人为何会不如您呢？”

大师微微一笑：“国王陛下，那些被放在王宫最华丽地方的一半花生，不是很快都腐烂变质了；而这些被放在垃圾堆的花生都生根芽、开花结果了吗？舒适安宜的环境往往只能造就垃圾废物，而艰难困苦中才能造就宝贝奇才。同样，舒适安宜的条件下是无法催生文学大师的，只能产生废物蠢才；艰难困苦中才诞生文学大师，产生文学奇才。真正的文学大师只有扎根生活在最底层，生活在痛苦的地狱中，在地狱里求索；在地狱里才能造就神奇的成果，创造出壮美的作品，才能向世上奉献精美的作品。”

大师说完这番话，国王豁然明白。国王反复再三地挽留大师留在王宫，大师断然拒绝了国王的挽留，毅然离去。国王望着大师的身影，崇敬不已——

真正的文学大师，只有扎根生活在最底层，生活在痛苦的地狱中，在地狱里求索；在地狱里才能造就神奇的成果，创造出壮美的作品，才能向世上奉献精美的作品。

170. 富翁与少女

一个81岁的富翁与一个18岁的少女结婚了。

新婚之夜，少女对富翁问道："你爱我什么呢？"

富翁回答道："我爱你年轻美貌。"

随后富翁问道："你爱我什么呢？"

少女回答道："我爱你万贯家财。"

富翁问道："除此之外，你还爱我什么呢？"

少女哭泣道："你比我爷爷的岁数都大得多，你老牛吃嫩草，还有什么值得我爱呢？我爱你早死，我就能得到你万贯家财。"

富翁一听，当即气绝身亡。

当富翁死后，少女发现富翁早已将自己的万贯家财转到其孙儿份上，她并没有得到富翁的一点家财。

少女最终也灰心丧气，自杀身亡。

钱财与美貌并非爱情的基石，贪婪与奢望往往是人生的魔鬼！

171. 狐狸与山民

狐狸常常猎杀弱小的动物，被山民追杀。

有一天，狐狸看见山民在宰杀一头猪，他百思不解地走到山民面前问

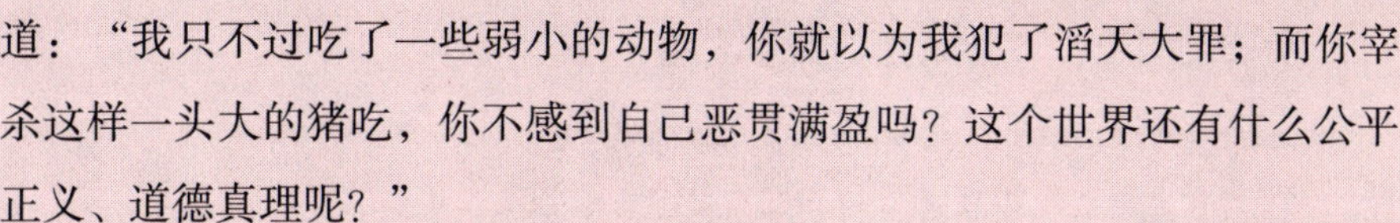

道："我只不过吃了一些弱小的动物，你就以为我犯了滔天大罪；而你宰杀这样一头大的猪吃，你不感到自己恶贯满盈吗？这个世界还有什么公平正义、道德真理呢？"

山民说道："你真是聪明一世、糊涂一时，你难道不知道公平正义、道德真理并非掌握在少数者手里，也并非掌握在多数者手中，他往往只是掌握在强者手中。"

山民说着，拿起猎枪，打死了狐狸。

世界永远是强者的世界！

172. 男孩与女孩

从前，一个男孩与一个女孩，他俩青梅竹马，两小无猜。当他们长大成人时，依然友爱如初，情深义浓。

有一天傍晚，男孩与女孩一同在花园里散步，男孩突然问女孩道："请问你知道有一条美好之路怎样才能走得通？"

女孩反问道："什么样的美好之路？"

男孩狡黠道："就是那条美好之路。"

女孩问道："到底是怎样的一条美好之路？"

男孩大胆道："就是从我心里通向你心里的这条美好之路。"

女孩羞赧道："没有这条路。"

男孩肯定无疑道："有。"

女孩问道："怎么走？"

男孩说道："用爱就能走通。"

于是，女孩情不自禁地投入了男孩的怀抱——

男孩与女孩最终结成百年之合，他们拥有了美好幸福一生。

只要永存博爱，就能走通人生美好之路！

173. 寓言家与小说家

有两个酷爱文学的同窗好友，一个善于写小品文章，一个善于写长篇大论，他俩都渴望将来能够成为出色的作家。

有一天，他俩专程去拜访一位文学前辈，请教文学之道。

当他俩走进文学前辈的书房，看见书桌的前方立着一樽高大壮观的孔子雕像，书桌上摆放着一件小巧玲珑的孔子雕像。

文学前辈听了他俩的来意，指着两件不同的孔子雕像说道："我有两个不同的雕刻家朋友，他们中的一个专门从事雕刻小型作品，一个专门从事雕刻大型作品，这两件雕像就是他们赠送给我的，我都相当喜爱他们。我不仅喜欢他们的作品，而且欣赏他们的雕刻之道。"

他俩异口同声地问道："老师，他们的雕刻之道是什么？"

文学前辈说道："一个人，如果能够全心全意地将雕刻的每一件作品做到极致，就能雕刻出杰出的作品，这就是他们的雕刻之道。创作之道也是这样：将每件作品创作到极致，自然就能创作出出色的作品。其实人生的所有成功之道也是这样：凡事做到极致就能成就出色，凡事做到极致就能创造奇迹！。”

他俩听了文学前辈这番话，豁然明悟——

从此以后，善于写小品文章者开始专门从事寓言创作，他最终成了一位出色的寓言家；善于写长篇大论者专门从事长篇小说创作，他最终成了一位著名的小说家。

凡事做到极致就能成就出色，凡事做到极致就能创造奇迹！

174. 大人与小孩

一个教授，一个学者，一个作家带着一个天真活泼的孩子外出旅游。路上，他们看见一块招牌上标写一个“★”，他们为此而争论起来。

教授说道：“这是一个古代字。”

学者说道：“这是一个外国字。”

作家说道：“这是一个现在创新的字。”

孩子说道：“这就是一个五角星，并非一个字。”

教授、学者、作家异口同声道：“对呀！还是孩子说得对！”

于是他们转问孩子：“孩子，你怎么比我们都高明，竟然一看就知道他是一个五角星，而并非一个字呢？”

孩子说道：“这有什么稀奇古怪的呢？他本来是什么就是什么，全世界的人只要像我一样纯真，有一双明亮的眼睛，就会知道他就是一个五角星而已。”

失去纯真，是会变非，对会变错，真会变假！

175. 马与人

马常常被人所骑，他感到痛苦困惑。

有一天，马对人诉苦道："主人，你为何总是骑在我身上，驾驭我呢？"

人哈哈大笑道："我是你的主人，理所当然应骑在你身上，我有智慧、有能力驾驭你。"

马哀求道："主人，能否让我骑在你身上，让我也来驾驭你呢？"

人神气十足道："你没有本事、没有能力，你还想骑在我身上，让你也来驾驭我，你真是白日做梦、异想天开。"

马抗议道："这太不公平了！如果我不顺从你呢？"

人立即拿着鞭子朝着马一顿猛打，打得马哇哇大叫不已。

人说道："你没有本事、没有能力，你只能服从我、顺从我对你驾驭的折磨；你如果想反抗、不顺从我，你就会遭受更大的折磨。"

人生往往也是这样——做生活的主人，才能驾驭人生；当生活的奴仆，必然被生活所奴役！当你无法改变生活，你就只能顺从生活，否则你将遭受生活更大的折磨！

176. 猎人与鹦鹉

一个猎人捕获了一只鹦鹉。他买了一只鸟笼子里，将鹦鹉关在鸟笼子里。

猎人每天早上起来，便教鹦鹉学说话。

"你好！早上好！先生你好！"

鹦鹉好像没听见似的，他说了许多遍，可是鹦鹉根本不理他。

“你好！早上好！先生你好！”

又说了许多遍，说的口干舌燥，鹦鹉还是不理他。

第二天再来；“你好！早上好！先生你好！”

说了无数遍，鹦鹉就是不理他。

第三天再来；“你好！早上好！先生你好！”

说了一早上，鹦鹉还是不理他。

猎人非常生气，便骂道：“你这个笨蛋。”

谁知鹦鹉竟然说道：“你才是个笨蛋。”

猎人大惊不已——

千万别将他人当作笨蛋，否则你也是个笨蛋。

177. 流浪者与慈善家

很久以前，有两个天神准备下凡人间，他俩一同去向天帝告辞。

天帝说你俩到人间去，我可以成全你俩各自一个愿望。

一个天神说我希望到人间能够得到更多人的帮助，另一个天神说我希望到人间能够帮助更多的人。

那个希望能够得到更多人帮助的天神，到人间后成了一个可怜的流浪者；那个希望能够帮助更多人的天神，到人间后成了一位可敬的慈善家。

依赖寄托的人生，往往造就可怜可悲的人生；仁慈奉献的人生，常常成就可敬可佩的人生

第六卷 神之灵慧

★一味地埋怨，往往会毁了自己！

★我们不管做什么事情，凡事不仅要替自己着想，而且应该替他人着想，才能心想事成！

★劳动者创造财富，劳动最崇高！奉献者奉献精神，精神亦可贵！

★珍爱时间的人，成功与幸运必将造福他！

★怨恨往往丧失天地，爱心常常赢得世界！

★懒惰、愚昧、丑恶者往往会丧失幸福！勤奋、智慧、善良者常常能拥有幸福！

178. 幸福女神来敲门

传说在很久以前，幸福女神下凡人间，她在人间四处云游。

有一天深夜，幸福女神来到一座小山村，她首先去敲一个懒惰者的门。

懒惰者听见有人敲门，便问道："你是谁？怎么半夜三更来敲门呢？"

幸福女神说道："我是幸福女神，我四处云游幸运来到你家门口，请你开开门，我将带给你幸福。"

懒惰者说道："我是一个懒惰者，现在就是神圣万能的上帝现在来敲门，我也不会开门，你赶快离开吧。"

幸福女神只好心灰意冷地离开了。

幸福女神尔后来到一个愚蠢者的家门口，她又去敲愚蠢者的门。

愚蠢者听见有人敲门，便问道："你是谁？怎么深更半夜来敲门呢？"

幸福女神说道："我是幸福女神，我四处云游幸运来到你家门口，请你开开门，我将带给你幸福。"

愚蠢者说道："我是一个愚蠢者，我才不会相信你欺骗的鬼话，我也不会开门，你赶快离开吧。"

幸福女神只好灰心丧气地离开了。

幸福女神随后来到一个丑恶者的家门口，她又去敲丑恶者的门。

丑恶者听见有人敲门，便问道："你是谁？怎么夜深人静、随随便便来敲我的门呢？"

幸福女神说道："我是幸福女神，我四处云游幸运来到你家门口，请你开开门，我将带给你幸福。"

丑恶者粗声恶语、高声大叫道："我是一个丑恶者，你这个讨厌的家伙，我既不会相信你、也决不会给你开门，你赶快给我滚蛋吧！否则我就对你不客气了。"

幸福女神只好垂头丧气地离开了。

幸福女神最后来到一个勤劳善良的老农夫家，她又去敲老农夫的门。

老农夫听见有人敲门，便轻声细语地问道："你是谁？这么晚了，你为何敲我的门？"

幸福女神也轻声慢语说道："我是幸福女神，我四处云游幸运来到你家门口，请你开开门，我将带给你幸福。"

老农夫柔声细语道："我是一个勤奋的老农夫，也是一个善良的老农夫；幸福女神，欢迎您关注惠顾寒舍，让我寒门蓬荜生辉。"

老农夫便兴高采烈地打开了家门，热情洋溢地将幸福女神请进了屋中。

幸福女神笑容满面道："你不仅是一个勤奋、善良的人，而且也是一个明知智慧的人，我将赐福你。"

幸福女神便将幸福赐予给了老农夫，尔后就悄悄地离开了。

幸福女神在路途中想：懒惰、愚昧、丑恶者往往会错失、丧失幸福，只有勤奋、智慧、善良者常常能获得拥有幸福。

懒惰、愚昧、丑恶者往往会丧失幸福！勤奋、智慧、善良者常常能拥有幸福！

179. 小树与神仙

一棵小树生长在参天大树的中间，他渴望能很快长成高大之树。

小树便祈祷请求神仙帮忙，神仙告诉小树凡事不能急躁、要有耐心，自然会长成高大之树。

可是小树却听不进神仙的忠告，一定要神仙帮他立即实现其美好的愿望。

神仙拗不过小树的再三请求，便让他成了一棵细长的高树。

然而不久，一阵大风，就将那棵长高的小树吹断了。

神仙对小树说道："你现在可明白，耐心才能成功，急躁注定失败。"

人生往往也是这样：耐心才能成功，急躁注定失败！

180. 失望之人与三位神仙

一天深夜，一个失望之人跪拜在佛祖像前，祈祷佛祖保佑，帮助他改变痛苦不幸的命运。

佛祖显灵道："我身边有三位神仙：一位是时间之神，一位是成功之神，一位是幸运之神。你只要选择其中的一位，他们都能帮助你改变命运。"

瞬间，佛光普照。失望之人看见佛祖面前确实站立着三位红光满面、神采奕奕的神仙。

失望之人首先走到成功之神面前，请求成功之神帮助自己。成功之神却摇着头说道："我是成功之神，对不起，我现在不能帮你。"

失望之人又走到幸运之神面前，请求幸运之神帮助自己。幸运之神却晃着手说道："我是幸运之神，对不起，我现在也不能帮你。"

失望之人又走到时间之神面前，请求时间之神帮助自己。时间之神问道："我是时间之神，你是否爱我？"

失望之人回答道："我爱你，神圣的时间之神。"

时间之神又问道："你会一生一世爱我吗？"

失望之人回答道："可爱的时间之神，我会一生一世爱你。"

时间之神说道："请你现在带我，到你家中去吧！"

于是失望之人就带时间之神准备到自己家中去。他发现一路上，成功

之神与幸运之神也跟随着自己。

他便好奇地问道："两位神仙，你们为何也跟随我们呢？"

成功之神与幸运之神异口同声道："珍爱时间之神的人，我们也会珍爱他，我们也会成就他。"

珍爱时间的人，成功与幸运必将造福他！

181. 乌鸦与宙斯

传说很久以前，乌鸦有五颜六色的羽毛，也有良好的嗓音，然而他却总是埋怨自己羽毛没有孔雀漂亮出色，嗓音不如鹦鹉悦耳动听。

于是乌鸦向宙斯埋怨道："神圣的主呀！你为何不赐给我孔雀一样漂亮的羽毛，鹦鹉一样美妙的嗓子呢？"

宙斯气愤道："你这只讨厌的乌鸦，我将你造得多么独特美妙，你为何看不到自己具有的美好，而总是一味责怪我的创造。既然你喜欢抱怨，我就将你的羽毛变成黑色，让你的嗓子发出难听的声音。"

宙斯说道便离开了——

从此以后，乌鸦的羽毛便成了丑陋的黑色，他常常发出悲哀难听的叫声。

一味地埋怨，往往会毁了自己！

182. 怨神与爱神

开天辟地之时，创世主派遣怨神与爱神巡视人间。

怨神一来到人间，人们都纷纷躲避他；而爱神一来到人间，人们都纷纷亲近她。

怨神为此向爱神请教道："为何人们躲避我却亲近你呢？"

爱神反问道："你带给人们什么？"

怨神回答道："我具有怨恨这个宝贝，带给人们的是怨恨。我对人们怨恨冲天，人们对我怨声载道。"

爱神说道："我与你恰恰相反，我富有爱心，带给人们的是爱心，人们自然喜爱我、亲近我；而你带给人们的是怨恨，人们必然怨恨你、躲避你。现在你可明白了——怨恨失去人心，爱心赢得人心。"

怨恨往往丧失天地，爱心常常赢得世界！

183. 上帝与大师

很久以前的一天晚上，上帝专程去看望一位文学大师。

当上帝看见大师坐在一间简陋的房子进行创作时，他心生怜悯地对大师说："我是上帝，你以后每创作一部好作品，我就赐予你上百万的钱财，让你成为一个富翁。"

大师说道："神圣的上帝，谢谢您的美意。您如果这样做，只能将我打造成一个庸俗的商人，而不是一个真正的文人；我如果接受您的恩赐，我就会成为一个下流的文人，创作出庸俗的作品；而决不会成为高尚的大师，也无法再创作出精品力作。"

于是上帝悄悄地离开了。

上帝想：金钱只能打造物质富翁，难以打造出真正的精神大师！

古往今来，金钱只能打造物质富翁，无法铸造精神大师！

184. 富翁与上帝

传说上帝建造了一个富丽堂皇的圣殿，所有的资金都是由一个富翁出资。

当圣殿建成后，上帝请人将所有参加建造此圣殿的劳动者名字雕刻在圣殿的最上方，而将富翁的名字雕刻在下方。

富翁为此相当不满，他便去向上帝询问原由。

上帝说道："这座圣殿实际是由劳动者建造的，你只不过捐献一点资金，所以我要这样做。"

富翁说道："我如果不捐献资金，你这座圣殿就无法建成。"

上帝说道："你如果不捐献资金，我这座圣殿依靠劳动者的劳动也能建成；如果没有劳动者，我这座圣殿才无法建成。可怜的人呀！你可明白你的资金、你所有的财富其实也是由劳动者创造的，你只不过是社会财富的暂时获得者与拥有者而已，你死后所拥有的财富都会返回社会。我将你的名字雕刻在下方，我是对你奉献精神的肯定；如果你不捐献，你也不会留名于世。"

劳动者创造财富，劳动最崇高！奉献者奉献精神，精神亦可贵！

195. 善神与恶神

传说开天辟地之时，世上并没有善恶好丑。当创世主开辟天地，创造人类后，创世主就委派善神与恶神下凡人间。

创世主对他俩说："善神，你到人间去传播善良美好，引导人类追求善美，步入善美之道。恶神，你到人间去传播丑恶痛苦，诱惑人类上当受骗，步入丑恶之途。"

他俩说道："伟大的的创世主，你为何不派我们单独去呢？"

创世主说道："人类是我创造的一个独特的生命体，我如果派你们单独去，他们永远认识不了善恶好丑，他们也不会进步发展，最终他们会在迷惘无知中毁灭的。你们一同去，他们就会不断地经受住恶神的诱惑考验，经历善神的引导体验，从无知到明知，不断地进步发展、繁荣昌盛。"

所以从古至今，人类都是在善恶交织的世界中不断地认识世界、进步发展。

186. 卑微与崇高

蜜蜂向上帝诉苦道：“伟大的上帝，你怎么将我造得这样渺小，我活着有什么意义？”

上帝说道：“我将你造得小巧玲珑，一方面可以让你行动机灵，另一方面可以有效地保护你，使那些大的生灵难以伤害你。我可爱的孩子，你可不要瞧不起自己，你小小的生命可以创造出无数甜蜜的美好，让天地世间崇敬不已；你是我独一无二最佳的创造。”

蜜蜂愧疚道：“神圣的上帝，请原谅我的愚昧无知，原来我卑微的生命也能创造出崇高的美好，感谢你伟大的创造。”

其实，每个生命只要努力创造奉献自己的美好，卑微的生命也能造就崇高的美好！

187. 虚伪之门与真诚之门

传说开天辟地之时，创世主在天地之间设置了两道迥然不同的门——一道是虚伪之门，凡是走入这道门者，就会发现这道门内奇妙无比，但很快又会进入另一扇更为奇特虚美的门；另一道是真诚之门，凡是走入这道门者，就会发现这道门内蜿蜒曲折，无边无际，通向幽深的远方——

曾经有两个人来到这两扇门前——

一个人走到虚伪之门前，他特别喜欢这道虚伪之门，于是欣喜若狂地走向虚伪之门。当他走进虚伪之门后，又情不自禁地走入一扇又一扇虚伪之门，尔后又身不由己地陷入虚伪、空幻的世界中。当他走到虚伪之门的终点，他看见一个妖怪正在迎接自己，最后这个妖怪在他的身上刻下八个大字“虚伪之人，丑陋一生”。

另一个人走到真诚之门前，他对真诚之门充满欣喜，于是兴高采烈地走向真诚之门。当他走进真诚之门后，认真细致地求索真诚天地的美好，他一直处在真实美好的天地里。当他走到真诚之门的终点，他看见一个天使正在迎接自己，最后这个天使在他的身上刻下八个大字“真诚之人，美好一生”。

所以虚伪常常会毁损丑化人生，真诚往往能成就美化人生！

199. 富人与神仙

一个富人尽管家财万贯，但总是觉得精神空虚，感到生活无味。

一天夜晚，一个神仙来到富人的面前，对他指点迷津道：“你缺乏信仰，精神就会空虚堕落，人生就会不幸可悲。”

富人恍然明悟。

从此，富人就在自家的祭坛上摆放着佛祖、魔鬼、耶稣、财神的神像，他每天都向这些神灵祈祷保佑其幸福如意。然而他这样做，不仅一直都没有如愿，而且他觉得自己的生活很累、精神很苦。

于是他常常跪拜在神灵面前虔诚地诉苦，他的真诚感动了神灵。

神仙便显身富人面前说道："可怜的人呀！过去你缺乏信仰，精神陷入空虚之中；你现在盲目信仰，精神陷入纷乱之中，长此以往，你的生活会越来越可悲呀！"

富人听了神仙的话，豁然明朗——

没有信仰是可悲的，盲目信仰更可悲！

189. 三重苦

传说开天辟地之时，世主创造了天地，创造了兽禽，创造了植物，创造了世人，创造了众生。

世主对众生说道："你们来到世上都要受到三重苦，第一重苦是皮肉之苦；第二重苦是心灵之苦，第三重苦是精神之苦。第二重苦比第一重更苦；第三重苦比第二重苦要苦上加苦。谁能经受承担这三重苦，谁的生命才会长久。"

众生问道："世主，只能经受承担第一重苦者，生命有多长呢？"

世主说道："只能经受承担第一重苦者，生命在10年以内。"

众生问道："世主，只能经受承担第一重苦、第二重苦者，生命有多长呢？"

世主说道："只能经受承担第一重苦、第二重苦者，生命在100年以内。"

众生问道："世主，能够经受承担三重苦者，生命有多长呢？"

世主说道："能够经受承担三重苦者，生命永生。你们可要明白：所有的生命都是在苦难中成长，在苦难中刚强，在苦难中永生！"

所以亘古以来，谁能经受承担三重苦，谁的生命就会长久。

生命往往在苦难中成长，在苦难中刚强，在苦难中永生！

190. 凡人与神仙

一个凡人并不相信世上有什么神仙，他觉得世上所有宗教信仰的人都是疯子。

有一天晚上，他睡在床上，大声诅咒神仙其实就是骗子。

当他睡意沉沉时，他梦见在黑暗中一个神仙张牙舞爪掐着自己的脖子。

凡人惊恐万状地问道："你是谁？"

神仙说道："我是神仙。"

凡人问道："你怎么要无缘无故地谋害我呢？"

神仙说道："我并没有冒犯过你，你为何却无缘无故地诅咒我是骗子呢？我现在给你小小的惩罚，再给你一点警告：你可以不相信我，但决不能凭空瞎说我是骗子；否则我对你严惩不贷。"

你可以不相信美好的神灵，但你决不能凭空诅咒神灵！

191. 群兽与上帝

传说有一天群兽跑到天庭，请求上帝将他们一同变成人。

上帝询问道："你们是否希望得到人的智慧？"

群兽说道："并非如此。神圣的上帝，现今的人越来越残忍，他们恨不得将我们斩尽杀绝，我们如果不变成人，我们种族就会灭绝的。"

上帝安抚道："人其实也是我创造的一种高级动物，他们一方面具有残忍的兽性，同时也具有善良的人性；他们一定会理智的克制自己，让人性发扬光大，与你们和谐相处。他们如果不克制自己，让兽性横流，将你们毁灭，他们也将毁灭自己。你们还是回到自己的天地里，好自生存吧。"

群兽听了上帝的话，于是打消了做人的想法，他们又各自回到了自己的领域。

天地人间，如果兽性纵横，人间就会走向毁灭；如果人性光大，人间就会更加美好！

192. 天神与龙王

曾经有一个天神来到一条江边，想在这里造座桥，但这里是龙王管辖的地盘。天神到龙王面前游说在这里造座桥，可以造福龙子龙孙，造福天地世间，请龙王与他同心协力，成就功在千秋的伟业。

龙王便帮助天神造了一座雄伟壮观的大桥。然而这座桥造好后，天神带着众多美女夜夜到这座桥上寻欢作乐，扰得龙子龙孙不得安宁，龙王找到天神悖然大怒道"原来你造桥全是为了自己享受呀！"

龙王便带着龙子龙孙将这座桥的桥墩掏了不少空洞，这座桥变成了一座摇摇欲坠的危桥。

天神与美女们来到这座桥，天神瞧着这座桥叹息道"完了，这座桥彻底完了。"

美女对天神劝慰道"天神呀！不要这样灰心丧气，运用你的神力，还可以修复这座桥。"

天神说道："这座桥的根基空了，我即使有再大的神力，也无能为力修复这座桥了。"

不久，这座桥就彻底消失了。

生命的支柱毁了，生命也就彻底完了！人生的支柱毁了，人生也就彻底完了！

193. 死人与天使

一个死人死后误入了地狱。

有一天，一位天使来到地狱，死人见到天使后，泪流满面道："神圣的天使，我在这黑暗的地狱，受尽了痛苦折磨，敬请你救救我，让我离开这可怕的地狱。"

天使仁慈地抚摸着死人的头问道："你离开地狱，想到哪里去呢？"

死人回答道："我想到美好光明的天堂上去。"

天使说道："我帮你架设一条无形的天梯，你沿着这天梯一直往上爬，永不放弃，永不绝望，就可以从地狱爬向美妙的天堂。"

天使说完便消失得无影无踪。

死人便沿着天梯一梯一梯艰难地向上爬，当他爬到天梯的中腰时，累得气喘吁吁。然而死人记起天使对自己所说"永不放弃"的话时，他又豪情满怀向上爬。当死人接近天庭时，已精疲力竭，他突然看见身边有很多的妖魔鬼怪，脚下是万丈深渊，吓得惊慌失措。此时死人灰心丧气、绝望不已，立即坠落到可怕的地狱里。

天使在云端中叹息道："可怜的人呀！你离天堂其实已经只有一步之隔，然而你却绝望地放弃了，你将永远陷入可怕的地狱了。"

天堂与地狱往往只有一步之隔，成功与失败常常只有一步之遥，坚持会到达天堂、走向成功；放弃就会坠入地狱、走向失败！

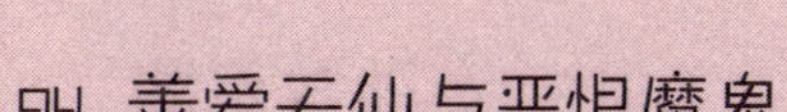

194. 善爱天仙与恶恨魔鬼

开天辟地之时，创世主创造了善爱与恶恨两个孪生精灵；善爱与恶恨在世上原来无所谓好坏。

善爱精灵一来到世上，总是追求与世和善、与众友爱。她喜爱种植培育香花异草，不久，其生活的家园就成了一个美妙的大花园，人们都尊称他为善爱天仙，她深得人们的喜爱。

恶恨精灵一来到世上，她总是追求与世交恶、与众生恨。她喜欢隐慝埋藏仇恨火焰，不久，她生活的地方就成了一个怪异的大火山，人们都称她为恶恨魔鬼，她深为人们所厌恶。

一天，恶恨魔鬼对善爱天仙问道："我们原本一同是创世主创造的精灵，为何你被人们尊称为善爱天仙，深得人们的喜爱；我却被人们讽嘲为恶恨魔鬼，深为人们所厌恶呢？"

善爱天仙反问道："你是怎样处世的呢？"

恶恨魔鬼趾高气扬道："我一来到世间，就想主宰世界。我总是用恶恨之魔力去震服世界上所有的一切，然而世上的一切都不愿意屈服我的淫威；我便对这个世界上的一切产生了恶恨之火花，久而久之，我所生活的地方就成了一个奇怪的大火山，人们就咒骂我为恶恨魔鬼，我也深为人们所厌恶。"

善爱天仙说道："原来你总是希图用恶恨来处世，就成了恶恨魔鬼，才深为人们所厌恶。而我与你恰恰恰相反，我总是力求用善爱处世，于是就成了善爱之天仙，深得人们的喜爱。现在你应该明白了：播种恶恨之种，必将产生恶恨火花，结出恶恨之果；洒下善爱之种，必将产生美好之花，结出美好之果。"

善爱成就美好，恶恨造就丑恶！

195. 女孩与天神

有几个天真可爱的小女孩渴望能成为美丽的天使，她们听说在圣诞节之夜，谁能真诚地祈祷上帝，上帝就会降临谁的身边，谁就能得到上帝的青睐，如愿以偿地实现愿望。

于是圣诞节的晚上，这几个女孩聚会在一起，一同来到教堂祈祷上帝。然而直到夜深人静，上帝并没有降临，她们只好回家。

一路上，女孩们不是埋怨自己，就是责怪上帝。只有一个女孩说道："我们在一起过圣诞节，上帝其实也要过圣诞节。我们既不要埋怨自己，也不要责怪上帝，要快快乐乐地度过这个美好的节日。"

这个女孩的话恰巧被云游的天神听见了，天神便将她的话报告了上帝。日后上帝便成全这个女孩做了人间一个美丽的天使，其他的女孩依然是平凡的女孩。

理解往往能够带来美好，带来幸运！埋怨常常丧失美好，丧失幸运！

196. 上帝与农夫

有一天，上帝下凡人间，看见一个农夫在教堂里祈祷。

上帝走到农夫面前问道："你在做什么？"

农夫回答道："我在祈祷上帝给我帮助。"

上帝问道："上帝能听到你的祈祷，会给你帮助吗？"

农夫回答道："我如果不祈祷，上帝永远也不能听到我的祈祷，也不知道我需要帮助；但是我每天都向上帝祈祷，上帝就有可能听到我的祈祷；或许我的虔诚感动上帝，上帝降临我的身边，他就会给我力所能及地帮助。”

上帝极为悦喜地问道：“你希望上帝给你什么帮助？”

农夫回答道：“希望他帮我成为一个富农。”

于是上帝便成全满足了农夫的心愿，日后便成全农夫变成了一个富农。

唯有行动才有希望！唯有行动才能实现愿望！

187. 上帝与狗熊

上帝发布公告，谁的母亲最伟大、最可爱，就授予谁“天之骄子”。

狗熊来到上帝面前，向上帝提出自己的母亲是世上最伟大、最可爱的母亲，请求上帝授予自己“天之骄子”荣誉称号。

上帝哈哈大笑道：“世上都认为你母亲最胆小、最可笑，你怎么却认为自己的母亲是世上最伟大、最可爱的呢？”

狗熊神情庄重道："万能的上帝，不管世上是怎样地嘲笑讽刺我母亲、怎样地污辱挖苦我母亲；但我清楚地知道没有我母亲，也就没有我的生命，没有我母亲的呵护，也就没有我的成长；在我的眼里——我母亲是世上最神圣、最伟大、最可爱的母亲。"

其实，在所有孩子的眼里——母亲永远是世上最神圣、最伟大、最可爱的！

198. 上帝与蚂蚁

上帝下凡世间，召集动物集会，准备选出一个动物做天使。

狮子说道："神明的上帝，我是百兽之王，富有力量，完全有资格做天使。"

狐狸说道："圣明的上帝，我是智谋之王，富有智谋，完全有资格做天使。"

老鹰说道："贤明的上帝，我是百鸟之王，既富有力量、又富有智谋，完全应该做天使。"

动物们纷纷争抢着向上帝言说自己的特长，推荐自己做天使。

正在他们争执之机，一只小小的蚂蚁走到上帝面前，轻声细语道："尊敬的上帝，我也要做天使。"

动物们都不由自主地向蚂蚁投出不屑一顾之瞥。上帝极为惊讶地问道："你这个小东西，有什么的特长，凭借什么做天使呢？"

蚂蚁回答道："我是一只小小的蚂蚁，能搬动比我重数倍的东西，觉得自己相当出色；我在这个世界上也相当重要。万能的上帝呀！我凭借自尊、自信、自强，觉得自己完全有资格做天使。"

上帝听了蚂蚁的话，赞叹道："你是一只自尊、自信、自强的蚂蚁，确实可以做一个与众不同的天使。"

于是上帝就让这只小小的蚂蚁做了天使。

自尊、自信、自强，谁都可以成为天使！

199. 创世主与消失神

传说开天辟地之时，世界上只有创世主与消失神。

有一天，创世主对消失神说：“我一直幻想要创造一个崭新美好的世界。”

消失神说：“你简直在痴心妄想、异想天开。”

创世主说：“我喜欢痴心妄想，就要异想天开。”

消失神说：“你如果能创造一个崭新美好的世界，你也将永垂不朽；我将永远在这个世界消失。”

随后，创世主一直幻想创造一个崭新美好的世界，执著努力地实施这一奇妙的计划。终于有一天，创世主真的创造了一个崭新美好的世界；消失神无地自容，便在世上消失了。

所以我们现在只知道世上的创世主，全然不知世上曾有过消失神。

只有幻想奇迹并执著努力者，才能创造奇迹！只有创造世界主宰世界者，才会永垂不朽！

200. 上帝与傻瓜

上帝下凡来到人间，看见瘸子、瞎子、傻瓜三个人在一起玩耍。上帝走到他们面前，询问他们有何希望要求。

瘸子说自己希望能有一双健壮的脚，成为一个正常人，上帝立即成全了瘸子的希望。

瞎子说自己期望能有一双明亮的眼睛，成为一个正常人，上帝马上成

全了瞎子的心愿。

傻瓜说自己不希望同伴们比自己强，请求上帝将瘸子、瞎子变回原样。上帝听了傻瓜的要求，相当气愤，就惩罚他变成了一个疯子。

心怀善良，必有善果！心怀恶心，必食恶果！

201. 傲慢之神与无知之神

有一次，宙斯大帝召集群神聚会，傲慢之神与无知之神坐在一起。

傲慢之神高傲地对无知之神说道："你知道我是谁吗？"

无知之神说道："你这个傲慢的东西，你知道我是谁吗？"

傲慢之神趾高气扬道："我是鼎鼎有名的傲慢之神。"

无知之神不甘示弱道："我是众所周知的无知之神。"

傲慢之神说道："你这样地无知，怪不得你不知道我。"

无知之神说道："你这样地傲慢，怪不得你不知道我。"

他俩说着、说着，便互相争执起来，随后大打出手。傲慢之神被无知之神打破了脑袋，无知之神被傲慢之神打瞎了眼睛。宙斯大帝愤然大怒，将傲慢之神与无知之神逐出了天庭，并惩罚他俩永远不得进入天庭。

傲慢之神为此常常痛苦不堪道："我由于傲慢，才造成永生的痛苦。"

无知之神为此也常常悲叹道："我由于无知，才造成终生的不幸。"

傲慢无知往往会给自己造成痛苦不幸！

202. 上帝与人类

很久以前，上帝来到世间论才授王。

上帝授予狮子百兽之王、老虎森林之王、老鹰鸟中之王、鹦鹉歌唱之王、猎豹奔跑之王、狐狸狡猾之王、兔子机灵之王、乌龟长寿之王……最后上帝授予人类思想之王。

生灵们都兴高采烈地离去了，只有人类闷闷不悦。

人类困惑地向上帝问道："万能的上帝，我有智有谋、有识有勇，不仅可以主宰自己、也可以主宰世界，你为何只授予我思想之王呢？"

上帝回答道："人类呀！正因为你智慧超群，知识出众，思想绝伦，我就授予你思想之王。思想不仅主宰人生，而且可以主宰世界，创造世界，推动社会，开闯未来；思想之王乃是首要之王、王中之王。"

人类听了上帝一番话，立即向上帝跪拜致谢，满意而去——

思想主宰世界，创造世界，推动社会，开闯未来！

203. 乌鸦与上帝

乌鸦爱上了喜鹊，但喜鹊却讨厌乌鸦。乌鸦为此相当痛苦，他飞到天庭向上帝诉说自己的苦楚，请求上帝帮忙让喜鹊接受他的爱情。

上帝说道："我无法帮你这个忙。"

乌鸦说道："万能的上帝，你神力无比，完全可凭借神力强迫喜鹊接受我的爱。"

上帝问道："老鹰喜爱你，你是否就喜爱老鹰呢？"

乌鸦回答道："老鹰是喜爱我的肉，并非真心实意地爱我；即使他真心实意地爱我，我也不会喜爱他。"

上帝问道："苍蝇喜爱你，你是否就喜爱苍蝇呢？"

乌鸦回答道："苍蝇讨厌极了，不管他如何地喜爱我，我也不会喜爱他。"

上帝说道："那么我现在强迫你喜爱老鹰与苍蝇，你会接受吗？"

乌鸦说道："万能的上帝，感情与爱情怎么能随随便便地强迫呢？你即使强迫我喜爱老鹰与苍蝇，我也无法接受。我宁死也不愿与老鹰和苍蝇这两个可恶的家伙在一起。”

上帝说道：“你知道感情、爱情无法强迫，为何却要我强迫喜鹊接受你的爱情呢？”

乌鸦听了上帝这番话，垂头丧气地离开了天庭。

自然美好的东西往往无法强求！

204. 上帝与帝王

远古之时，上帝来到世间，准备任命一个帝王，统率世间。

老虎、狮子、老鹰、人都争先恐后来到上帝面前，请求上帝授予他们帝王名号。

上帝对老虎问道：“你凭借什么当帝王？”

老虎回答道：“我在森林里所向无敌，凭借自己的智慧才能，理所当然应该做帝王。”

上帝说道：“你算一个才子，但只能做森林之王。”

上帝对狮子问道：“你凭借什么当帝王？”

狮子回答道：“我在百兽中所向披靡，凭借自己的才智本能，当仁不让应该做帝王。”

上帝说道：“你也算一个娇子，但只能做兽中之王。”

上帝对老鹰问道：“你凭借什么当帝王？”

老鹰回答道：“我在百鸟中出类拔萃，凭借自己的智慧技能，毫无疑问应该做帝王。”

上帝说道：“你也算一个王子，但只能做百鸟之王。”

上帝对人问道：“你凭借什么当帝王？”

人回答道：“神圣的上帝，我一来到世上，就承蒙你的厚爱，赐予我无穷的智慧；同时我也承蒙天地的关爱，赐予我无限的力量；我时时感恩你与天地的大恩大德，我将努力奉献自己，开创一个美好的世界。我就凭借智慧与仁爱，希望你能赐我为帝王。”

上帝于是就册封人为帝王。

老虎、狮子、老鹰为此极为困惑，相当不满。

上帝对他们微笑道：“你们都具有超群的智慧，但都不具备仁爱报恩的品德，都只配做王；而人既具有无穷的智慧，又具备仁爱的品德，才是真正的帝王。智者为王，仁者为帝，仁智者才能成为永恒的帝王！”

智者为王，仁者为帝，仁智者才能成为永恒之帝王！

205. 失败魔鬼与成功人士

很久以前，失败魔鬼降临天地人间。人们一见到面目狰狞的失败魔鬼，不是畏惧他，就是厌恶他；总之，人们都不愿意见到他。失败魔鬼便隐身天地人间，只是在成功之路上显身露面。失败魔鬼常常孤独寂寞、空虚无聊，总是四处飘荡漫游，渴望与人间的人们争斗，以显示自己威力无比。

失败魔鬼常常在天地人间寻找那些追求成功的人们，阻止人们走向成功之路。

一些胆小如鼠者，一见到失败魔鬼，就吓得魂飞魄散、逃之夭夭。

一些意志薄弱者，一遇到失败魔鬼，常常被他折腾得灰心丧气，最终失望而去。

失败魔鬼为此狂妄不已，他觉得自己在世间的人们面前是战无不胜者。

有一天，失败魔鬼看见一个人正准备走向成功之路，于是他立即去阻止他。然而那人并不害怕他，失败魔鬼便与那人争斗起来。

失败魔鬼将那人打倒在地，可是他立即又爬起来，向失败魔鬼发起进

攻。这样反反复复，失败魔鬼被那人搞得筋疲力尽，那人却越斗越勇。失败魔鬼见无法战胜那人，自己反而胆怯起来，他一不小心，被那人打倒在地。

失败魔鬼吓得立即隐身天空中，他胆战心惊地向那人问道："你是谁？竟然这样勇敢顽强。"

那人哈哈大笑道："我是成功人士，我要拚命追求成功，所以我无畏一切艰难险阻，也无畏你这个失败魔鬼，我便能如此勇敢顽强。"

失败魔鬼眼睁睁看着成功人士走向成功之路，他叹息道："其实，谁无畏我、战胜我，谁就能走向成功之路，否则必然步入失败之地。"

世上往往就是这样——无畏失败，战胜失败，常常走向成功！害怕失败，逃避失败，往往步入失败！

206. 神仙与乞丐

从前，有一个神仙下凡人间，遇到一个乞丐，他俩便一同结伴而行。

一路上，乞丐只要一遇到人，就立即双手合掌作揖乞求道："行行好吧！施舍一点，做点好事吧！神仙会保佑您一生平安富贵。”

神仙询问乞丐道：“你为何不管遇到什么人，就喜欢这样下贱呢？”

乞丐说道：“我一直乞讨为生，已经习惯这样做了。”

神仙说道：“可怜的人呀！我真的是一个神仙，本来想帮助你改变乞讨的命运；然而你已经习惯乞讨为生了，看来我已经无法改变你的习惯了，那么你就一直乞讨为生吧。”

神仙说着便悄悄地离去了——

习惯决定人生！好习惯带来好命运，坏习惯带来坏命运。习惯改变，命运才会改变！

207. 机会之神与诱惑之神

传说很久以前，机会之神与诱惑之神一同从天庭上下凡人间。

机会之神总是害羞，她时隐时现，神秘之极，让人们捉摸不透；但谁一旦抓住她，她就会给谁带来美好幸运；人们不仅喜爱她，而且渴望发现与抓住她。

诱惑之神总是显露一副美丽的面孔；但她心灵相当歹毒，谁要是碰上她，她就会将其引入倒霉不幸的境地；人们都讨厌她，害怕被她诱惑引入歧途。

然而诱惑之神常常化装成机会女神的模样，人们很难分辨她俩的真假。

世上有些人有时将机会之神当作诱惑之神，生怕自己被诱惑之神诱惑，于是常常无视机会之神，坐失时机，错失了美好幸运之机；有些人有时被诱惑之神所蒙蔽，结果上当受骗，往往步入了失败倒霉不幸之途。

人世间，每个人都需要擦亮自己的眼睛，千万不要把机会当诱惑，无视机遇，坐失时机，错失美好幸运之机；同样别把诱惑当成机会，劳命伤神，误入歧途，陷入倒霉不幸之境。

208. 三人与上帝

三个人一同去向上帝祈求财富。

第一个人见到上帝立即祈求道："伟大的上帝，敬请你开恩，赐予我美好的财富吧。"

上帝问道："你要多少财富？"

此人说道："我要无穷无尽的财富。"

上帝说道："你站到我面前来，伸开双手，我成全你。"

此人走到上帝面前，伸开双手。瞬间无数的金子落到他的手中，他兴奋极了。他一边接着金子一边想着——还多点，还要多点，还要更多点……金子立即像急风暴雨般地落到他的手中、头上、身上……不久那些金子埋葬了他，日后他成了贪婪鬼。

第二个人见到这惊心动魄的一幕，吓得胆战心惊……

上帝问道："你要多少财富？"

他战战兢兢道："神圣的上帝，我什么财富都不要了，你让我赶快离开这里吧。"

他最终两手空空一无所获地离开了，日后他成了一个四处流浪的乞丐。

第三个人笑容满面地走到上帝面前。

上帝问道："你要多少财富？"

他心情开朗道："圣明的上帝，你教我创造财富的方法，我自己创造财富，奉献财富，享受财富。"

上帝成全了他，日后他成了一个富裕的智者。

贪婪财富，毁灭自己！畏惧财富，丧失自己！创造财富，成就自己！

209. 妖怪与上帝

妖怪遇见上帝，她对上帝说——自己比上帝更有本事、更有力量。

上帝询问妖怪道：“你凭借什么证明你比我更有本事、更有力量呢？”

妖怪回答道：“你创造一个东西，我就可以立即毁掉他。不信，现在我们就可以比试一番。”

于是上帝创造了一棵小草，妖怪马上就毁掉了那棵小草；上帝接着又创造了一棵大树，妖怪又马上就毁掉了那棵大树……上帝不管创造什么，妖怪马上就毁掉了上帝所创造的东西。

妖怪趾高气扬对上帝说道：“你现在应该相信我比你更有本事、更有力量了吗？”

上帝说道：“你如果真的比我更有本事、更有力量的话，你现在给我创造一个东西看看。”

妖怪一听，她马上灰溜溜地溜走了。

创造难于破坏！

210. 创世主与挑刺鸟

传说远古之时，创世主创造了一只独一无二、美妙绝伦的挑刺鸟。挑刺鸟一来到世上，所有的生灵都惊叹他的美丽；然而挑刺鸟根本就瞧不起所有的生灵，他与所有的生灵都格格不入，极为孤单寂寞。

挑刺鸟向创世主诉苦道：“伟大的创世主，能否帮我创造一个喜爱的伙伴，使我不再孤单寂寞。”

创世主奉劝道："可爱的挑刺鸟，我所创造的一切都有其美妙可爱之处，当然也不可避免有其丑陋不足。你只要宽宏大度地去寻找，一定就会找到你所喜爱的伙伴，就不会再孤单寂寞。"

挑刺鸟便四处寻找他喜爱的伙伴，可是找来找去，他觉得所有的生灵没有一个是可爱的；不久，挑刺鸟就孤寂忧郁地死掉了。

所以，现在我们再也见不到这种美妙绝伦的挑刺鸟了。

总是挑刺，往往会毁了自己！

211. 鹦鹉与上帝

鹦鹉飞到天庭向上帝诉苦道："仁慈的上帝，我怎么找不到自己成功的路呢？"

上帝说道："你有翅膀，能在天空中翱翔，天空中有无数条路；你有腿脚，能在陆地上行走，陆地上也有无数的路；你只要选择一条路，就能找到自己成功的路。"

鹦鹉说道："所有的鸟儿都有翅膀，他们都可以在天空中翱翔，天空中所有的路也是他们飞翔的路；所有的动物都有腿脚，他们都可以在陆地上行走，陆地上所有的路也是他们行走的路；这些并非我独自的成功之路。"

上帝问道："那么你要找到一条怎样的成功之路呢？"

鹦鹉回答道："万能的上帝，我渴望找到一条独辟蹊径、大成大就的成功之路。"

上帝问道："你最喜爱什么、最善长什么？"

鹦鹉回答道："我最喜爱唱歌，最善长歌唱。"

上帝说道："唱歌是你的特长，歌唱之路是最适合你的，你就在唱歌方面狠下功夫，就能找到自己独特的成功之路。"

鹦鹉听了上帝这番话，猛然醒悟。从此以后，鹦鹉在唱歌方面勤学苦练，最终成了歌唱之王。

最适合自己的路就是自己的成功之路！

212. 财神与水神

财神在大海上对水神趾高气扬地吹嘘自己法力无边，自己拥有的钱财可以通天通地、万能无比。正在财神得意洋洋之时，他的一件护身珍宝不慎掉入汪洋大海中，财神随即也坠入大海中。财神立即向水神求救。

水神对财神说道："你的法力不是无边吗？你拥有的钱财不是可以通天通地、万能无比吗？你为何要向我求救呢？"

财神说道："我刚才掉入水中的那件护身珍宝是我法力万能的依托。我现在没有他的依托，法力就会失灵，就会一无所能，求求你赶紧帮帮我吧。"

水神说道："我如果不救你，你也将葬身我的水中。你现在应该明白了吗？天地万物唯有相辅相成，才能万能有效、永恒存在，没有谁能孤独自我地万能永恒。”

只有万能永恒的世界，没有万能有效的自我！

213. 三个人与创世主

从前，有三个人向创世主祈求财富。

当第一个人来到创世主面前祈求财富时，创世主拿着一把锄头，指着脚下的土地对第一个人说：“你现在拿着这把锄头，动动手，挖挖地，你就可以发现财富。”

第一个人说道：“伟大的创世主，我一出世，就不喜欢劳动，你现在要我动手劳动，还不如直接赐予我财富吧。”

创世主说道：“可悲的人呀！你不喜欢劳动，那么你就一生去乞讨财富吧。”

创世主说着便悄悄地离开了——

当第二个人来到创世主面前祈求财富时，创世主同样拿着一把锄头，指着脚下的土地对第二个人说：“你现在拿着这一把锄头，动动手，挖挖地，你就可以得到财富。”

第二个人说道：“神圣的创世主，世上有这样的好事吗？你是在戏弄我吧。”

创世主说道；“可悲的人呀！你不相信我，那么你就一生去痴求财富吧。”

创世主说着也悄悄地离开了——

当第三个人来到创世主面前祈求财富时，创世主照样拿着一把锄头，指着脚下的土地对第三个人说：“你现在拿着这一把锄头，动动手，挖挖地，你就可以获得财富。”

第三个人说道："圣明的创世主，感谢你的恩典，我马上动手挖地，努力获得美好的财富。"

创世主说道："幸运的人呀！你相信我，依靠自己的努力，你一定会获得美好的财富，开创美好的人生。"

创世主说着也悄悄地离开了——

多年以后，第一个人成了四处流浪的乞丐；第二个人成了一生贫穷的穷人；第三个人成了勤劳致富的富翁——

坚信劳动创造财富者，定会勤劳致富！

214. 天堂之门与地狱之门

很久以前，创世主在天地间设置了两扇迥然不同却美妙神奇的门——一道是天堂之门，通向美好的天堂；一道是地狱之门，通向恐怖的地狱。

有一天，天使、魔鬼一同来到了这两扇门前。

天使认真仔细地瞧了瞧两扇门，他随手打开了天堂之门。当他进入天堂之门后，天使说道："我要认真把守这道门，将进入者迎入光明的天堂。"

魔鬼见天使进了天堂之门，他立即打开了地狱之门。当他进入地狱之门后，魔鬼说道："我要认真把守这道门，让进入这道门者坠入黑暗的地狱。"

不久，各种各样的人来到了这两扇门前，他们看见这两扇尽管不同、但却相当美妙的门；有些人非常慎重，选择进入天堂之门，最后到达了美好的天堂；有些人却不假思索就走进了地狱之门，坠入恐怖的地狱。

天堂之门看见如此情景，他悄悄地对地狱之门说道："我与你只有一墙之隔，然而却有天壤之别，谁进入我的门，就走向了美好的光明；谁一步不慎，进入你的门，就会走向不幸黑暗。"

人生之路往往就是这样：时时谨慎，才能走向美好光明之道；一步不慎，就将坠入不幸黑暗之途。

第七卷　云水禅心

★面对眼前，时刻将现在放在心中，珍惜现在，努力现在，才能铸刻美好的过去，造就美好的未来！

★人生所有的成功其实都是这样：一步开始，一步坚持，功到自然成！

★做人以不害人为底线，做事以力所能及为上线，此乃明哲之道！

★牢记宗旨，树立精神，坚守本色，才能成就千秋伟业！

★大苦大难，才能大幸大福！大磨大砺，才能大成大就！

★困之才惑，明之才智！心苦便恼，心悦才喜！

★带着美好轻松上路，人生才会轻松愉悦！

215. 成功只需要两步

一个凡人去请教一位大师："成功对于我们普通人来说是否很遥远？"

大师说道："并非如此。成功对于每个人其实都只需要两步。"

凡人问道："那两步呢？"

大师说道："一步开始，一步坚持，成功就会功到自然成。成功对于每个人来说其实都在眼前，成功始终围绕每个人的周围；然而只有坚信成功、坚持努力者才能获得成功。"

人生所有的成功其实都是这样：一步开始，一步坚持，功到自然成！

216. 带着美好轻松上路

一个年轻人背着一个沉重的背囊，千里迢迢去拜访请教法慧寺的觉慧大师。

他见到觉慧大师后，便诉苦道："大师，我每天都背着这样一个沉重的背囊生活，我感到自己好累呀！"

觉慧大师问道："你这个背囊里装着什么东西？"

年轻人说道："我这个背囊装着理想、工作，也装着亲情、友情、爱情，也装着希望、愿望、美景，还装着不少不可或缺的美好东西。"

觉慧大师说道："你成天背着这样一个沉重的背囊上路，当然会很累。你能否换一种装法生活呢？"

年轻人问道："大师，怎么个换法呢？"

觉慧大师说道："你将工作装入手中，将亲情、友情、爱情装入脑中，将希望、愿望、美景装入心中，将其他一些不可或缺的美好东西装入自己的肚中；你只背着一个装着理想的背囊轻装上阵，带着美好轻松上路，你的生活就会轻松愉快呀！"

年轻人欣喜若狂道：“你是怎样想到这样一个美妙绝伦的办法的呢？”

觉慧大师指着年轻人的脑袋说道：“我是从这里才想到这样一个奇巧的办法。孩子，凡事用智慧的头脑就会想出美妙绝伦的办法。请你记住：迷惘的人生就会沉重痛苦，明智的人生才会轻松愉悦；只有带着美好轻松上路，人生才会轻松愉悦。”

带着美好轻松上路，人生才会轻松愉悦！

217. 现在在哪里

一个游客到一座有名的寺庙旅游，他发现寺庙广场有一座两面神的雕像，前方是美好未来的景观，后面是美好过去的景致，游客对这座雕像感到非常困惑好奇。

正在旅客百思不得其解时，一位禅师站立在他面前，对他问道：“你是否在想这两面神的现在在哪里？”

旅客惊讶道：“是呀！师傅，我确实是在思考着这两面神的现在在哪里？您能否告诉我这两面神的现在在哪里？”

禅师说道：“你仔细瞧瞧这两面神雕像，他的现在其实就在我们的眼前，他的现在也在他的心中。其实我们每个人都是这样，现在就在我们面前，现在就有我们心中；面对眼前，用心现在，珍惜现在，努力现在，就能铸刻美好的过去，造就美好的未来！”

旅客听了禅师这番话，立即恍然大悟——

面对眼前，时刻将现在放在心中，珍惜现在，努力现在，才能铸刻美好的过去，造就美好的未来！

218. 千年古寺与补丁方丈

有一座千年古寺，一直香火兴隆，据说他的开创者是一位补丁方丈。

补丁方丈常年除了外表披着一件庄严的袈裟外，里面都是穿着补丁连着补丁的内衣、内裤。

当他临死时，他对自己的弟子说道："我一进入佛门圣地，就曾对天立誓，只要世上还有一个受苦受难者，我就要始终穿着补丁连着补丁的内衣、内裤，求道修行，普渡众生。诸位弟子，你们要牢记佛的宗旨是普渡众生，佛的精神是诸恶莫作、众善奉行、自净其身、造福众生，佛的本色是坚定、执着、精进、智慧、清净、善为；你们一定要遵守本寺的规矩，将佛的大业发扬光大。"

一代又一代的此寺弟子，他们都一直穿着补丁连着补丁的内衣、内裤，牢记补丁方丈的教导，潜心修行求道行道，铸就了这一座千年古寺长盛不衰的辉煌风采。

牢记宗旨，树立精神，坚守本色，才能成就千秋伟业！

219. 残疾男孩与慧能禅师

一个男孩天生双腿残疾，他父母想方设法找了很多医院，都难以医治痊愈。

他父母听说寺院里的慧能禅师能够治疗疑难杂症，便抱着一线希望找到了慧能禅师。

慧能禅师收留了这个男孩，慧能禅师对他说："孩子，你天生双腿残疾，医院都对你这种病不抱希望，你父母将治愈你这种病的希望寄托于我，我现在唯一的希望也只能依托你了，你一定要想方设法站立起来。”

这个男孩牢记了慧能禅师的话，他每天都每天咬紧牙齿，握紧拳头，一会儿伸展双腿，一会儿强行站立，倒下去又用双手支撑着站起来。

冬去春天，这个男孩一直坚持了三年，终于站立起来了，彻底治愈了双腿残疾。

男孩站立起来后，他非常感激慧能禅师。

慧能禅师说道：“孩子，你不必感谢我。你应该感谢自己，你坚定站立起来的信念，使你创造了生命的奇迹。”

人生的信念具有无穷的力量，往往能创造生命奇迹！

220. 武士与高僧

一个武士跟随一位高僧学习武艺，当他学成后准备下山闯荡江湖。

临行前，高僧对他教诲道：“你要切记：武艺是用来健身强体、惩恶扬善，除此之外不可滥用。”

武士下山后，浪迹江湖，惩恶扬善，很快成了江湖的武林高手，名扬江湖。

有一个富豪得知武士武艺高超，便高价聘请他为保膘。从此以后，武士不管世上的善恶好丑，虔诚地为富豪服务。

有一次，武士在与富豪仇家派出的高手交战中失手，惨遭对手杀害。

武士临死时悲叹道：“我违背了师父教诲，鬼迷心窍，心灵失落，结果才毁了自己。”

心灵扭曲，人心失落，往往会导致人生的失败！

221. 利益与情谊

禅师带着自己的一个徒弟云游来到一偏僻的山村，夜晚他俩投宿在一山民家中。深夜，他俩被一阵吵闹声惊醒。原来有亲兄弟二人为了父母遗产发生争执，弟弟将哥哥的两条腿打断了。

第二天天亮，师徒二人起身上路了，徒弟这时问道："师父，他们是亲兄弟，为何竟为了遗产互相残杀呢？"

禅师说道："世人在利益面前往往会呈现出畜性，他们会不顾一切地疯狂争斗。"

一年后，师徒二人又云游来到这个山村，看见弟弟背着哥哥上山采药。禅师上前与弟弟打招呼。

弟弟告诉禅师，自己失去理智，将哥哥双腿打成了残废。他良心醒悟，感到对不起哥哥，今生今世欠哥哥的太多，今生今世做牛做马也要照顾好哥哥。

尔后，徒弟问禅师道："师父，你不是说人在利益面前往往会呈现出畜性，为何那位弟弟却发生了变化呢？"

禅师说道："不错，人在利益面前往往会呈现出畜性；然而人在情谊面前常常会回归人性。"

人在利益的面前常常呈现出畜性，在情谊的面前闪现人性。

222. 出路与出息

一个僧人跟随禅师修行悟道多年，依然没有开悟，他极为迷惘痛苦。

有一天，僧人向禅师诉说自己的苦楚。

禅师问道："你为何出家？"

僧人回答道："师父，我出家是为了有出息。"

禅师说道："你是为了有出息才修行悟道。"

僧人说道："是呀！我时时刻刻修行就是为了有出息，我时时渴望有出息。"

禅师说道："你出家修行的目的错了，怪不得难以得道成佛呀！"

僧人问道："师父，我何以错了呢？"

禅师说道："出家人修行最初的目的应该是找到真实的自己也就是明心见性；尔后是塑造自己，完善自己，奉献自己，利乐人群。你首先应该寻找出路，而不是寻找出息。你唯有找到自身的出路，才能造化自己呀！"

僧人听了禅师这番话，恍然大悟道："原来只有找到出路，才能造化自己、得道成佛。"

唯有找到人生的出路，才能造就人生的出息！唯有找到出路，才能造化自己！

223. 安化与新化

传说古时有一地方名叫梅山，此地重岭叠起、山高峰险，相对偏远，经济文化也相对落后；民风纯真朴实，人们崇武尚艺，个个勇猛凶悍；此地人们不受朝廷管制，独立成一自由王国，被朝廷称为野蛮之地。

朝廷多次专门派遣大军征讨，都被当地人打得落花流水，无功而返。朝廷便派遣一高级智谋团到此地招安，将此地册封为安化，并运用各种计谋分化此地民心，千方百计想让此地人归顺朝廷；然而却被此地的人识破计谋，智谋团所有成员都被梅山人用熊熊烈火烧死。

一时朝廷人士，一谈到梅山都恐慌不已。

有一寺院禅师听说此事，自告奋勇带着众弟子来到梅山。禅师深入了

解梅山人们的冷暖疾苦，帮助梅山人们化忧解难、勤劳致富；用儒、释、道开发启迪梅山人们的心智，使梅山人崇尚文化文明。不久梅山人便归顺了朝廷。朝廷将此地赐名新化。

禅师回到朝廷拜见皇帝，皇帝询问道：“我的大军征服不了梅山人，智谋团也征服不了梅山人，你用什么办法征服了梅山人呢？”

禅师回答道：“我带着一颗慈善之心，运用慈善之道，使梅山人们切实得到慈善之福，顺其自然赢得梅山人心，梅山人自然也归顺了朝廷。”

慈善往往比武力、智力更有力量！

224. 凡夫与法师

一个凡夫向一位法师请教道：“师父，这世上是否有天堂、是否有地狱？”

法师回答道：“有。”

凡夫问道："天堂在哪里？"

法师指着凡夫的心窝说道："在这里。"

凡夫问道："地狱在哪里？"

法师又指着凡夫的心窝说道："也在这里。"

凡夫问道："一个人的天堂与地狱怎么都会在心中呢？"

法师说道："天堂与地狱是由人心所决定的，他们都存在人的心中；当一个人心善时，他就升入天堂；当他心恶时，他就坠入地狱。天堂与地狱都存在于真实的世界中，他们只有一线之隔。"

凡夫似有所悟地问道："怎样才能升入天堂？怎样才能坠入地狱？"

法师说道："修善心，说善话，做善事，造善业，就能升入天堂；修恶心，说恶话，做恶事，造恶业，就会坠入天堂。"

凡夫问道："师父，这样说，每个人其实都身处天堂与地狱交织的世界里。"

法师说道："是呀！我们每个人都要时时修行，努力消除自己的恶心、恶业，造就自己的善心、善业，才能永远处于天堂中。"

善造天堂，恶成地狱！

225. 禅道与人生

一位僧人出家多时，他依然难以真正理解禅。

有一天，僧人前去拜访请教禅师，言道："师父，什么是禅？"

禅师回答道："做事、吃饭、睡觉就是禅。"

僧人问道："有这样简单吗？"

禅师回答道："就这样简单。"

僧人说道："那么谁都可以参禅，谁都可以悟道，谁都可以得道成佛。"

禅师说道："是呀！人人可以参禅，可以悟道，都可以得道成佛。"

僧人问道："师父，那么我们有必要这样苦苦地求索悟道吗？"

禅师说道："我们不苦苦地求索悟道，怎么能懂禅、悟道、明道呢？"

僧人说道："你不是告诉我禅是很简单的吗？"

禅师说道："禅的确是简单呀！然而禅真的是这样简单吗？我刚才不告诉你做事、吃饭、睡觉就是禅，你能够知道禅吗？你如果不切身体会，又怎么能够明白呢？你如果不执著求索，又怎能明了禅的奥妙真谛呢？"

僧人瞬间幡然醒悟——

禅就是生活，生活也是禅！禅道人生，其实就是觉悟人生，就是智慧人生！唯有热爱生活，才能真正地明了禅理，才能拥有美妙的人生！

226. 才子与大师

有一个才子才华出众，他总是受到一些人的嫉妒非议，常常闷闷不乐，感到人生的艰难。为此才子去向一位大师请教道："大师，我因为常常受到人们的非议感到相当痛苦。我仿佛生活在苦海中，怎样才能脱离苦海、得到人们的敬爱呢？"

大师拿出一大一小两个茶杯问道："你将这个大茶杯放入小茶杯中，我就告诉你如何才能脱离苦海。"

才子说道："大师，大茶杯怎能放入小茶杯中呢？只有大茶杯才能装下小茶杯呀！"

大师默默无言，却将大茶杯摔在地上，大茶杯被摔得粉身碎骨；尔后禅师将摔碎了大茶杯碎片、捡起放入了小茶杯中。

大师说道："现在不是小茶杯装下了大茶杯吗？"

才子说道："这样做谁都会。"

大师突然指着窗外一棵花树问道："那是什么？"

才子回答道："一棵开满鲜花的花树。"

大师问道："你看见一些蜜蜂在采花吗？"

才子仔细一看，确有一群蜜蜂在花树上采集花粉，他如实回答道："是呀！确实是有一群蜜蜂在花树上采花。"

大师问道："蜜蜂在花树上采花，花树痛苦吗？"

才子回答道："花树当然痛苦。"

大师问道："可是那些花树为何还露出笑容、那些蜜蜂还敬爱这痛苦的花树呢？"

才子回答道："花树尽管痛苦，却能承受痛苦，在痛苦中完美自己，依然露出笑容；他感到生活的美妙无穷，总无怨无悔地奉献美好，便能得到蜜蜂的敬爱。"

大师说道："原来这些道理你都明白，为何要来问我呢？"

才子困惑道："大师，我依然不明白。"

大师说道："人立于世，痛苦在所难免，唯有气量大才能容纳痛苦；唯有打碎痛苦、战胜痛苦，才能脱离苦海；唯有承受痛苦，完善自己，开创美好，奉献自美好，才能得到人们的敬爱。"

才子听了大师这番话，幡然醒悟。

容纳痛苦，战胜痛苦，才能脱离苦海！承受痛苦，开创美好，奉献美好，才能得到世上的敬爱！

227. 三个年轻人与一个老和尚

一天深夜，三个年轻人一同来到寺院里大殿里，他们跪拜在佛祖像前许愿。

佛祖显灵询问他们各求什么。

第一个年轻人说，神圣的佛祖，我想将来成为一个作家；第二个年轻人说，圣明的佛祖，我想将来成为一个画家；第三个年轻人说，万能的佛祖，我想将来成为一个书法家。

于是，佛祖赐给第一年轻人一枝钢笔，赐给第二年轻人一枝彩笔，赐给第三年轻人一枝毛笔。

三个年轻人感到极困惑：我们来求佛，为何佛却赐给我们不同的笔呢？

这时一个老和尚突然出现他们面前，说道：“你们来求佛求愿，佛已成全你们，你们为何还呆在这里呢？”

三个年轻人如实地向老和尚说出他们的困惑。

老和尚说道：“佛只能给每个求愿者指点迷津；谁如果要走出迷途，其实还得依靠自己；佛也只能赐给每个许愿者方法工具，成其所愿，其实还得依靠自己。”

美好的前途愿望，其实都有赖于自己去努力成就！

229. 正道与反道

一个年轻人向一位著名的禅师请教成功之道，言道：“师父，如何才能步入成功之道呢？”

禅师反问道：“你是步入成功的正道还是步入成功的反道呢？”

年轻人说道：“我现在也不知道自己是步入成功的正道、还是步入成功的反道，我只希望能够走向成功。”

禅师说道：“你不知道自己是步入成功的正道、还是步入成功的反道，你怎么能够走向成功泥？”

年轻人问道：“何谓成功的正道与反道呢？”

禅师说道：“正向走入成功之道，即为成功的正道；反向走入成功之道，即为成功的反道。”

年轻人问道：“我如果走在成功的正道上，如何才能获得成功呢？我如果走在成功的反道上，又怎样才能获得成功呢？”

禅师说道：“正道，正其行而行之，才能获得成功；反道，反其为而为之，才能获得成功。”

年轻人问道：“这是为什么呢？”

禅师说道：“人立于世，要想获得成功，首先必须具备三个基本要素——一是要有切实的目标、二是要有正确的方向、三是要有持之以恒地努力，这三者缺一不可，否则必将步入失败的境地。你如果有切实可行的理想目标，又走在正确的大道上；你沿着正道勇往直前，就将大获成功。但是，你有切实可行的理想目标，却走在成功的反方向，你肯定会遭受失败的厄运，这时你反思一下自己所走过的道路，反其道而行之，持之以恒地努力，你最终也会获得成功。”

年轻人听了禅师这番话，受益非浅！

正道，往往正其道而成之；反道，常常反其道而成之！

229. 凡夫禅师与海法大师

凡夫禅师初出家时，曾向海法大师请教道：“师父，如何才能求得人间的幸福真谛呢？”

海法大师回答道：“唯有忍受人间的坎坷不幸，就能得到人间的幸福真谛。”

凡夫禅师问道：“如何才能如愿以偿地得道成佛呢？”

海法大师回答道：“唯有忍受人间的苦难磨砺，就能如愿以偿地得道成佛。”

凡夫禅师问道：“如何才能成为像你一样杰出的大师呢？”

海法大师回答道："唯有忍受人间的孤独寂寞，就能成为比我更杰出的大师。"

凡夫禅师依然困惑不解地问道："师父，为何只有忍受人间的坎坷不幸，才能求得人间的幸福真谛呢？为何只有忍受人间的苦难磨砺，才能如愿以偿地得道成佛呢？为何只有忍受人间的孤独寂寞，才能成为像你一样杰出的大师呢？"

海法大师回答道："人世造就我们，既给我们不幸的世界，又给了我们幸福的天地；既给我们苦难的黑暗，又给了我们幸运的光明。我们唯有忍受人间的坎坷不幸，才能求得人间的幸福真谛；唯有忍受人间苦难的黑暗，才能得到幸运的光明；这是我在孤独寂寞求索中悟出的一条佛法真谛。你如果想要如愿以偿地得道成佛，就必须忍受人间的苦难磨砺；你如果要超越我成为杰出的大师，就必须更加坚定顽强地忍受人间的孤独寂寞。"

大苦大难，才能大幸大福！大磨大砺，才能大成大就！

230. 信士与禅师

一个信士向一位著名的禅师诉苦道："师傅，有的人说我好、有的人说我坏，我真的不知道如何是好？我深感人生的痛苦与无奈。"

禅师反问道："你是如何对待人们对你的议论呢？"

信士回答道："我喜欢听好话，不喜欢听坏话；我对说我好者与其交好，对说我坏者与其交恶。"

禅师说道："你只喜欢听好话，不喜欢听坏话，当然会不知道如何是好。你只与赞美自己者交好，而与诋毁自己者交恶，必然会深感人生的痛苦与无奈。其实，人生在世，既要听得好话，又要受得坏话；要认真分析别人的话是对是错，而不必局限是好是坏，对的采纳，错的抛弃，这样你就能主宰自己的生活。同时你既要与赞美自己者交好，也要与诋毁自己者和善，这样就会感到人生的美好美妙。"

信士听了禅师这番话，茅塞顿开，幡然醒悟——

听别人的话，做自己的主，才能主宰自己的生活，才会是自己生活的主人！

231. 出家修行与得道成佛

一个弟子路跟随禅师修行多年，一直没有开悟，他感到苦恼困惑。

有一天，他愁眉苦脸地去向禅师诉苦道："师父，我为何出家这么多年也不能开悟，我真的非常痛苦烦恼。"

禅师反问道："你来寺院干什么？"

弟子回答道："我来寺院出家修行，期望得道成佛。"

禅师问道："你知道修行要从哪里修吗？"

弟子回答道："不知道。"

禅师说道："你每天呆在寺院里这个家中，怎么能叫出家呢？你修行不知从何修起，内心迷惘，怎么能得道成佛呢？你当然会苦恼。"

弟子说道："我确实每天沉湎于迷惘中，敬请师父给我一点开示。"

禅师说道："我刚才不是已经告诉你了吗？"

弟子问道："您告诉我什么？"

禅师说道："出家修行，必须从内心里出家，超脱自我，修行内心，参悟自然之道，明理自然之法，才能得道成佛。"

弟子欣喜若狂道："原来只有超脱自我，修行内心，参悟本道，才能立地成佛。"

困之才惑，明之才智！心苦便恼，心悦才喜！

232. 侍从与佛祖

有一天晚上，侍从对佛祖问道："神圣的佛祖，您为何向众生说人人都是佛呢？"

佛祖说道："我们现在换一个位置，你来做佛祖，我来做侍从；或许你就会从中找到答案。"

侍从欣喜若狂，他与佛祖互换了位置；侍从立在佛祖的位置上做佛祖，佛祖站在侍从身边做侍从。

第二天清早，一个富翁跪拜在侍从面前诉说道："神圣的佛祖，承蒙您保佑我财源广进，我家财万贯；然而我心灵总是不安，身体总是不佳，祈求您保佑我身体健康、平安如愿。"

不久，一个农夫跪拜在侍从面前祈福道："仁慈的佛祖，我信佛、信善，承蒙你庇护关照，我年年喜获丰收，家庭平安和睦，然而我总是觉得自己很苦很累；祈望您庇护我年年作物丰收、轻松愉悦。”

到了夜晚，侍从对佛祖说道：“佛祖，我还是不明白为何人人都是佛呢？”

佛祖说道：“你做了一天的佛祖，你能够成全富翁与农夫的心愿吗？”

侍从说道：“不能。”

佛祖问道：“为什么？”

侍从说道：“因为我并非真正的佛祖。”

佛祖说道：“我也无法成全他们的心愿，只有他们自己才能成全自己的心愿。”

侍从问道：“这为什么呢？”

佛祖说道：“那个富翁不顾一切一味地追求金钱，忽视了身体，他尽管家财万贯，然而却身体欠佳；那个农夫长年累月勤奋辛劳，他的作物年年丰收，然而他因为辛劳而感到生活很苦很累。他们的福祸欠缺不足其实都是他们自己造就的，并非我能成就弥补。他们其实信佛，自己就是自己的佛。”

侍从说道：“这样说来，心中有佛，自己成佛；心中有魔，自己成魔；每个人的命运都是由自己主宰造就的。”

每个人都是自己命运的主宰者、成就者！

233. 小草与大树

从前，云尚寺一个和尚出家修行多年，眼见自己的师兄师弟一个个出道；而自己却一直每天跟随师父念经修行、坐禅悟道、习经研道，他为此陷入了迷茫之中。

有一天，他去向其师父请教原由。

师父并未来直言，而是带着他来到寺院外面的山顶上。

师父指着脚下的一棵小草问道："徒儿，一棵小草的生命有多长？"

和尚说道："师父，一棵小草从生根发芽到开花结果，一般不会超过一年，他的寿命一般也只有一年。"

师父指着身旁的一棵大树问道："一棵大树的生命有多长？"

和尚说道："一棵大树从生根发芽到长大成材一般需要几年的时间，有的甚至要十年以上，一棵大树一般有几十年的寿命，有的上百年、甚至上千的寿命。"

师父问道："小草与大树，谁更有用、谁更有价值呢？"

和尚说道："大树更有用、他更有价值。"

师父问道："你愿意做一棵小草，还是愿意做一棵大树呢？"

和尚说道："我当然愿意做一棵大树。"

师父说道："一棵小草只需要不到一年就能开花结果；而一棵大树却一般需要几年的时间，有的甚至要十年以上才能长大成材；但大树价值与生命力都远远超过小草。"

师父停顿一会儿，然后继续说道："一个人的修行成道也是这样，只有经过长久的修炼，才能铸造出更深的功力与成就，"

和尚听了师父这番话，猛然醒悟。从此以后，他坚定不移地跟随师父认真修行求道，最终成了云尚寺的撑门人。

耐力造就能力，持久成就大材！

234. 方圆人生

一个小沙弥去向一位老法师请教为人处世之道。

老法师拿出一枚铜钱，说道："你仔细瞧瞧这枚铜钱，看清理解了这枚铜钱，你就知道如何为人处世了。"

小沙弥认真看了那枚铜钱，然后问道："师父，这枚铜钱，外圆内方，这是什么意思呢？"

老法师说道："这枚铜钱内心是方的，外表是圆的，他告诉我们为人处世需要有方有圆，才能遂心如愿。"

小沙弥问道："如何理解方呢？"

老法师说道："你瞧这枚铜钱内心是方的，他方方正正，有棱有角，他告诉我们为人处世要方，需要讲原则，应该遵循规矩、遵循法则；没有规矩不成方圆。"

小沙弥问道："如何理解圆呢？"

老法师说道："你瞧这枚铜钱外表是圆的，他是以一个圆心为中心、为支点，以固定半径延伸，才成为一枚有方有圆的完美铜钱；他告诉我们为人处世需要玲珑八方，圆通四海，才能圆满成功。这个圆绝对不是圆滑世故，更不是平庸无能，这种圆是圆通，是一种宽厚、通融，是心智的高度健全和成熟。"

小沙弥问道："师父，这枚铜钱如果方正无边，他只能是一枚四方的铜钱了，如果他中间没有一丝方点，也只能是一枚圆圆的铜钱了；为人处世怎样才能把握方圆之度呢？"

老法师说道："方是做人之本，是堂堂正正做人的脊梁；然而一个人如果过分地追求方方正正、有棱有角，必将碰得头破血流。圆是处世之道，是妥妥当当处世的锦囊，但是一个人如果总是只求八面玲珑、圆滑透顶，也必将众叛亲离。因此，为人处世必须方中有圆，圆中有方，外圆内方。你如何把握方圆之度，一切都在于你自己了。"

小沙弥回道："师父，我一定努力修行，力争造就方圆人生。"

为人处世，有圆有方，有方有圆，才能遂心如愿，功成圆满。

235. 贪官与禅师

一个贪官因贪婪成疾，极为苦恼，便去请教一位有名的禅师如何解脱其疾苦。

禅师得知其来意后问道：“你贪污侵占世上的钱财，作何用途呢？”

贪官如实说道：“我贪污侵占的钱财，一是为了追求功名利禄，我需要向上司进贡行贿，获取更高的官职地位，然后再获取更多的钱财；二是为了贪图享受，我要包二奶、三奶……还要玩无数的处女。”

禅师问道：“你追求功名利禄；凭你的才智，功名能否达到和绅的地步；利禄能否达到和绅的程度呢？”

贪官说道：“达不到。”

禅师说道：“和绅官至宰相，一人之下，万人之下，可谓权倾一时；

其衣食住行都无须忧愁，然而其贪婪最终使其身败名裂，你难道还想做和绅第二吗？”

贪官说道：“不敢想。”

禅师问道：“你难道没有妻儿老小吗？”

贪官说道：“我当然有自己的妻儿老小。”

禅师说道：“你为何还贪求别人的妻子；你的女儿难道也希望被他人污辱，让他人剥夺其处女身；你难道愿意让自己的女儿也做二奶、三奶吗？”

贪官说道：“决不愿意。”

禅师说道：“贪婪使人堕落，堕落使人毁灭；你现在明白自己痛苦烦恼的根源了吗？”

贪官说道：“我经过大师的开示，现在已彻底明白了自己痛苦烦恼的根源了。”

禅师说道：“那么你应该知道自己如何解脱现在的困境了吗？”

贪官说道：“谢谢大师指点迷津。”

从此，此贪官辞官归稳，安然地度过了余生。

贪婪必燥，止欲则安！

236. 公主与禅师

古时候，有一个公主长得非常漂亮，然而她总是骄横无礼，周围的人们并不喜她，而且讨厌她，大家都害怕与她在一起。公主为此相当苦恼。

有一天，公主专程去寺庙请教一位有名的禅师。

禅师听明公主的来意后，带着她来到一个很深的水库边。禅师朝水中丢了一块小石头，水中泛起一片水花。

禅师说道：“你看那水花多么美妙悦心。”

公主说道："那些水花尽管美悦，但也只能美悦一时。"

禅师说道："你跳到水中去欣赏那美妙的水花。"

公主说道："大师，这水库深不见底，恐怖之极。我如果跳到水中去欣赏那虚无缥缈的水花，不仅欣赏不到那水花，而且会葬送自己的生命。"

禅师问道："那样的花才会祥瑞美好永生呢？"

公主思索了一会，说道："只有心中祥瑞，从心中自然开出的花才会祥瑞美好永生，受到人们的喜爱。"

禅师说道："一个人如果仅仅只是外表漂亮，但内心丑恶；也只能从表面上美悦一时，无法得到人们的喜爱。只有心灵内外都像花儿一样美丽的人，才能赢得人们的喜爱与赞美。"

公主豁然醒悟——

内心美好，人生才会真正的美好；内心美好的人，才会得到人们的喜爱！

237. 乞丐禅师与江洋大盗

乞丐禅师曾经云游四方，他看起来就像一个乞丐。

有一天，一个江洋大盗看见了乞丐禅师，便竭力邀请他去抢劫一富裕人家。

乞丐禅师拒绝道："我做人有自己的底线，我决不会做这种事。"

江洋大盗悖然大怒道："你一个乞丐，有什么做人的底线呢？"

乞丐禅师说道："我宁愿做一个四处流浪的乞丐，也不做害人的事，更不会做伤天害理的事。"

江洋大盗问道："你为何坚守自己这条做人的底线呢？"

乞丐禅师说道："因为我是个人，我知道害人终将害已；我如果做伤天害理的事，必将毁掉自己。"

江洋大盗听了乞丐禅师的这番话，对他钦佩不已。

江洋大盗便弃恶从善，日后成了乞丐禅师的门徒。

坚守做人的底线，坚守做人的信念，才能成全自己、造化自己！

239. 学者与大师

一位学者向一位著名的大师请教道：“大师，如何才能大成大就呢？”

大师回答道：“目标一点，专注一点，努力一点，执著一点，成功一点，就能大成大就。”

学者问道：“何谓目标一点呢？”

大师回答道：“首先要制订一个切实可行的成功大目标，每天沿着这个大目标进取一点，既为目标一点。”

学者问道：“何谓专注一点呢？”

大师回答道：“时时盯着成功的大目标，反复不断地追求，既是专注一点。”

学者问道：“何谓努力一点呢？”

大师回答道：“一点一滴地努力。”

学者问道：“何谓执著一点呢？”

大师回答道：“执著奋斗，持之以恒，永不放弃！”

学者问道：“何谓成功一点呢？”

大师微笑道：“每天成功一点点，日积月累，水到渠成，自然大成大就。”

学者听了大师这番话，豁然开悟——

目标一点，专注一点，努力一点，执著一点，成功一点，必将大成大就！

239. 男人与禅师

一位男人中年丧子，悲痛欲绝。便到寺庙里求助禅师，帮其解脱痛苦。

禅师问男人道："你的儿子死了，流过泪吗？"

男人回答道："我眼泪都已经流干了。"

禅师问道："你哭过没有？"

男人回答道："我嗓子都已哭嘶哑了。"

禅师说道："那么你应该解脱了。"

男人说道："我一想到儿子已永远离开了我，就痛苦不已，无法解脱。"

禅师说道："你也离开人世吧！这样你就可以永远解脱了。"

男人说道："我上有父母，下有儿女，怎么能死呢？"

禅师说道："那么我也无能为力帮你解脱痛苦。"

男人叩头哀求道："你是世上富有智慧的大师，一定要想个办法帮我脱离苦海。"

禅师说道："中年丧子是人生最大的一场悲剧。这样的灾祸不管降临在谁身上，谁都会痛苦至极。但灾祸已经发生，谁总是沉湎其中、不能自拔，必将陷入深深的苦海，导致更大的灾祸。你如果要想解脱痛苦不幸，必须坚强地承受痛苦不幸，淡忘痛苦不幸，不要为已发生的痛苦不幸再背上沉重的包袱；唯有如此，才能走出苦海。"

承受不幸，忘记不幸，才能走出不幸！

240. 隐士与山民

一个隐士隐居在高山上修炼求道。

有一天，一群山民得知后，他们好奇地去寻找隐士，准备向隐士求教。

当他们来到山顶上，看见隐士一动不动地在仰望蓝天。

山民问道：“先生，你在观赏云彩。”

隐士摇了摇头。

“是在看太阳吗？”

他又摇了摇头。

“那么你在做什么呢？”

隐士说道：“我在寻道。”

山民们哈哈大笑道：“这地上就有道，何必到天上寻道呢？”

隐士说道：“天上的道更神秘。”

这群山民便窃窃私语道：“他根本不可能是个道师，简直是个疯子。”

随后他们便失望地离去了——

隐士望着他们远去的背影自言自语道：“你们只能看见地上的道，无法明知天上的道；同样你们只能看见世间的明路、明道，是无法瞧见天地人间的暗道、奥道呀！”

浅道明然，深道奥然！

241. 动与活

一个僧徒出家悟道多年，依然没有开悟。

僧徒便去请教禅师道："师父，我悟道多年，怎么不能开悟呢？"

禅师反问道："你是怎样悟道呢？"

僧徒回答道："我每天打坐念经。"

禅师问道："你打坐念经时，头脑在动吗？"

僧徒回答道："我打坐念经时，头脑始终不动。"

禅师说道："怪不得你不能开悟呀！"

僧徒困惑道："为什么呢？"

禅师说道："你去把厨房的水龙头打开，我就告诉你。"

于是僧徒走进厨房，打开了水龙头，然后来到禅师面前。

禅师问道："你打开水龙头，看见了什么？"

僧徒回答道："我打开水龙头，看见水哗啦啦地流出来了。"

禅师问道："你站在水龙头面前，始终不动，结果如何？"

僧徒回答道："那么水永远不会自动流出来。"

禅师说道："是呀！悟道其实也是这样——打坐念经就是为了使你全心身处于宁静清明的状态，不被外界物相迷惑困扰，一心一意求道，进入清明天地；然而你头脑始终不动，你永远也不会开悟。你唯有打坐念经，时刻勤动头脑，你自然就会开悟明道。"

动才活，活才明，明才智！

242. 一觉幸福

有一个中年富人，他从小就家境贫穷，一直就千方百计地努力地谋生赚钱，渴望能够求得人生的幸福。多年后，他通过自己千辛万苦地努力，终于成了富甲一方的富翁。然而当他成了富翁时，他感到自己每天都忙得不亦乐乎，依然感觉不到人生的轻悦幸福。

有一天，他来到方圆寺，向觉慧法师请教原由。

觉慧法师说道："你现在静下心来，什么都不要想，安心陪伴老衲吃一餐斋饭，睡一晚上好觉，我就告诉你为什么？"

觉慧法师便叫小沙弥到伙房要了两份斋饭。中年富人吃着野菜的斋饭，觉得饭也甜、菜也香，他此生从没有吃过这样美妙可口的饭，切身感到这餐斋饭吃得非常爽。

晚上睡觉时，中年富人与觉慧法师同床而睡。觉慧法师瞬间闭目入眠，中年富人也很快沉浸于睡意里。

中年富人一觉得睡到天明，醒来时他感觉此生从来还没有睡过这样美妙无比的觉。

觉慧法师见他醒来，笑容满面地问道："你晚上睡得好吗？"

中年富人说道："师傅，我觉得与你在一起，不仅吃的饭非常香，睡个觉也非常美，感到从来未曾有过的轻悦幸福。"

觉慧法师说道："你现在已经明白了。"

中年富人困惑道："师傅，我不明白你的意思。"

觉慧法师说道："你静下心来，什么都不想，安心地吃好饭、睡好觉，人生的幸福自然就来了。幸福原来是可遇而不可求的，他自然而然地一觉醒悟就感知到了。一觉明知，一觉幸福。"

中年富人恍然大悟道："是呀！是呀！一觉明知，一觉幸福，幸福一觉。"

人生的幸福其实往往就是这样：他并非痴迷追求而成，而是明慧知觉而来！

243. 凝聚的心才会富有力量

有一次，一叶弟子跟随慧能方丈一同外出云游。

走到途中，一叶弟子突然感到自己仿佛四肢乏力，请求慧能方丈坐下来休息一会儿。

他俩坐在草地上歇息，慧能方丈双手合十，闭目养神；一叶弟子却东张西望，心神不定。

一叶弟子说道："师父，我今天总是心神飘浮，感到非常疲倦。"

慧能方丈双目微闭道："你的心一直飘散在外面，心神当然会飘浮，自然就会疲倦乏力。"

一叶弟子问道："这是为什么？"

慧能方丈张开双眼，指着天空上的一朵白云说道："你瞧那朵白云在天空上飘来飘去，他是不是显得相当轻浮，呈现出软弱无力，这知道这是为什么吗？"

一叶弟子随着慧能方丈手指的方向，看见一朵白云在天空中飘移，他略微沉思了一会，说道："因为他的心总是飘浮不定。"

慧能方丈说道："白云的心总是游移不定，飘散在四面八方，他只能随风飘荡。而太阳的心总是凝聚在一个点上，他才能向四面八方发出强烈的光热，闪射出光芒万丈，呈现出力量无穷，焕发出光辉灿烂的辉煌。"

一叶弟子说道："师父，我明白了：飘浮的心就会四处飘散、软弱无力；凝聚的心才会聚集能量、力量无穷。"

慧能方丈说道："是呀！人的生命是有限的，一个人只有将心聚集到一个点上，沿着自己的人生目标去努力，才能让生命焕发出光彩夺目的辉煌。"

其实每个人都是这样：漂浮的心就会软弱无力，凝聚的心才能坚强有力！

第八卷　生活启迪

★你要让飞机飞翔，就必须给飞机加油；你要让人生飞翔，就必须给人生加油！

★有时，宝贝放错了地方会成为废物，人才放错了地方会误为垃圾！

★人生往往也是这样，每个人都富有生命之王，然而谁希望自己才华横溢、出人头地，谁就是人生的主人；谁希望自己韬光养晦、谦逊处世，谁就是人生的珍玉！

★真实美好人生，往往以正直做为立足点。正直做人处世，人生才能造就生命无穷的价值！

★今天努力一点点，明天才能成为人中俊杰！错失今天，埋葬今天，所有美好理想希望最终都会化为泡影！

★幸运的贪焚往往会毁掉人，苦难的希望常常成就人！

244. 幸运与苦难

很久以前，天神为了解人类的心思，专程下凡来到了人间。

天神首先找了一个平民，他对平民说：“我给你幸运的权力，你要珍惜权力，就能拥有幸福人生。”

平民依靠天神恩赐的权力，不久就做了国王。然而他并不知足，他千方百计想征服人间世界，成为世界的霸主，结果他成了杀人如麻的暴君，最终被人们绞死在十字架上。

天神又找了一个商人，他对商人说："我给你幸运的金钱，你要珍惜金钱，就能拥有幸福人生。"

商人依靠天神恩赐的金钱，不久就做了富翁。然而他并不知足，他想方设法想摄取天下财富，成为世上富甲一方的富翁，结果他成了为富不仁的奸商，最终他被人们杀死在荒山野岭。

天神又找了一个秀才，他对秀才说："我给你幸运的美女，你可要珍惜美女，就能拥有幸福人生。"

秀才依靠天神恩赐的美女，不久就做了新郎。然而他并不知足，他千方百计想更佳的美女，成为世上最佳的幸运儿，结果他成了采花瘾君，惨死花月之中。

天神想，我赐予人幸运的权力、金钱、美女，他们却贪婪无边，结果毁了自己，现在我要给予人苦难的希望，瞧瞧结局如何？

天神又找了一个孤儿，他对孤儿说："我给予你苦难的折磨，你只要勤奋奋斗，忍受苦难的折磨，你将来就会成为大师。"

此孤儿忍受苦难的折磨，发勤努力，最终真的成了一代人们尊敬的大师。

天神又找了一个聋子，他对聋子说："我给予你苦难的磨练，你一心绘画，忍受苦难的磨练，你将来就会成为画师。"

此聋子忍受苦难的磨练，专心绘画，最终真的成了一代人们喜爱的画师。

天神又找了一个瘸子，他对瘸子说："我给予你苦难的磨砺，你用学努力创作，承受苦难的磨砺，将来会成为一个作家。"

此瘸子承受苦难的磨砺，用心创作，最终真的成了一代人们崇敬的作家。

天神因此而感慨道："人呀！他如果在苦难中能够找到希望的目标，便能成就自己。"

幸运的贪婪往往会毁掉人，苦难的希望常常成就人！

245. 自卑与自大

从前，自卑与自大是两个迥然不同的人。

有一天，自卑遇见自大，他对自大说自己曾经是自尊。

自大问道："那么你为何成了自卑呢？"

自卑回答道："我那时尽管身为自尊，但心里却不自尊自己，久而久之，就沦落变成了自卑，人们就不叫我自尊，而叫我自卑了。"

自大告诉自卑说自己曾经也是自尊。

自卑问道："那么你为何成了自大呢？"

自大回答道："我那时尽管身为自尊，但心里却总是过份地自尊自己，长此以往，就澎胀变成了自大，人们就不叫我自尊，而叫我自大了。"

不能自尊，往往会沦落为自卑！过分自尊，常常会澎胀为自大！

246. 沙子与蚌壳

一颗沙子掉进了蚌壳里，蚌壳感到极为痛苦，沙子在蚌壳里也相当难受，他俩都承受着痛苦的磨难。经过长时间的煎熬，沙子变成了晶莹剔透的珍珠。

沙子为此感叹万千道：“我经过痛苦的蜕变，竟然成了一颗明亮的珍珠。”

蚌壳也感慨万端道：“我经过痛苦的煎熬，竟然孕育了一颗美丽的珍珠。”

痛苦的磨难往往能带来美好的幸运。

247. 一瞬与一天

一个男孩做事总是粗心大意，总是出错，但他总是不以为是。

一个星期天，男孩兴致盎然，用一天的时间认认真真地画了一幅画。晚上他将这幅画拿给妈妈看，妈妈正在喝水，不慎将一滴水滴到画上，瞬间这幅画就面目全非。

男孩对妈妈大声埋怨道：“妈妈，你一瞬间就将我画了一天的画毁掉了，你真坏！”

妈妈说道：“我刚才一不小心，就造成了这样的错误。孩子，一瞬间的疏忽，常常会造成大错，这个教训你可要牢记呀！”

一瞬的疏忽，会铸成大错！

248. 值与真

有一天，值遇到真。

值对真说道："我俩都有一个直，说明我们永生都应该与正直为伴；然而我们整体构造不同，所以我们意义也有所不同。"

真说道："是呀！我们必须以正直做为立足点，才能成就真实美好的一生，才能得到人们的认可。"

值说道："我们每个人必须站得正直，行得正直，一生才会成就生命的价值。"

真实美好人生，往往以正直做为立足点。正直做人处世，人生才能造就生命无穷的价值！

249. 气球与钟表

一只气球被人一吹，飞到了天空上，他得意不已。

随后气球落到一只钟表上，他叹息道："我总是依赖人与空气，才飞到了高空中；然而我失去自己的依托，又回到了地面，我感到了巨大的失落感。"

钟表说道："我一生都在原地打转，碌碌无为，没有什么成就，我也感到无限的失意。"

依赖别人所获得的一切，最终都会丧失！一生碌碌无为，必将充满生命的惆怅。

250. 作家与勤奋

很久以前，作家在世上四处寻找灵感与奇迹。

有一天深夜，他来到了勤奋之神的房前，狠劲地敲打勤奋之神的门。

勤奋之神在房中问道："你是谁？这么晚了，你找谁？"

作家在门外答道："我是作家，我在寻找灵感与奇迹。"

勤奋之神问道："你为何寻找灵感与奇迹？"

作家说道："我只有找到灵感与奇迹，才能创作出更多更好的神奇作品。"

勤奋之神说道："灵感与奇迹是我的儿女，你是否愿意做我的奴仆？"

作家说道："我只要能找到灵感与奇迹，与灵感与奇迹为伴，我心甘情愿做你的奴仆。"

勤奋之神便打开了房门，作家欣喜若狂地见到了灵感女神与奇迹女神。

作家从此便做了勤奋之神的奴仆，每天与灵感女神与奇迹女神为伴，创作了越来越多的精品佳作。

勤奋是灵感与奇迹的母亲！只有做勤奋的奴仆，才能拥有灵感与奇迹，造就美好神奇！

251. 优点与缺点

一个老师对刚开蒙的小学一年级学生说道："请你们都想方设法找到自己最佳的优点。"

全班学生都争先恐后地诉说自己的优点。

尔后，老师说道："请你们都千方百计找出自己最坏的缺点。"

全班学生一个接一个地说出了自己的缺点。

老师最后说道："同学们，你们今天都做得很好。希望你们每个人都应该积极地去寻找自己生命中的优点，发现自己的优点，保持自己的优点，发扬自己的优点；同时要认真地寻找自己生命中的缺点，发现自己的缺点，克服自己的缺点，去掉自己的缺点，长大以后都能成为有用之材。"

发现自己的优点、发现自己的缺点，不断发扬自己的优点、克服自己的缺点，才能不断地完善自己，成就自己！

252. 棉花与海绵

棉花遇到海绵，他俩在一起闲聊交谈。

棉花说道："我将自己看得很轻很低，我就能乘风飞上高空；我如果将自己看得很重很高，我就会在高空上随着雨水降落到地上。"

海绵说道："你是说将自己看轻看低，就能升华自己；将自己看重看高，就会坠落自己。"

棉花说道："正是这样。"

海绵说道："我一味地想吸收更多的水分，心灵就会感到越来越沉重；当我一心想将自己的水分付出奉献出去，心灵就会感到越来越轻盈。"

棉花说道："你是说一味地想索取更多美好，心灵就会沉重；一心付出奉献美好，心灵就会轻盈。"

海绵说道："的确如此。"

看轻看低自己，就能升华自己；看重看高自己，就将降低自己！一味地索取更多美好，心灵就会沉重；一心付出奉献美好，心灵就会轻盈！

253. 两粒种子

荒野里一棵小草上结了两粒孪生种子。

这两粒种子被风吹落到地上，其中一粒种子对风叫嚷道："风姑娘，我要尽力显露我的美好才华，请你将我带到最显眼的地方，让天地见识我的美好。"

于是风便将他带到耀眼的大路上。不久，这粒种子就被小鸟啄食了。

这粒种子在小鸟的肚子里悲叹道："我喜欢显露表现自己，疯狂毕露，才毁了自己，我真是可悲呀！"

另一粒种子却对风请求道："可爱的风姑娘，请你将我隐藏到难以发现的地方，我要好好地修养爱护自己。"

于是风便将他带到草丛里，不久他又隐藏到土地里。

第二年的春天，这粒种子发芽生长，长成了一株青绿的小草。

这粒种子为此庆幸道："我善于隐藏保护自己，韬光隐晦，最终才成就自己，我真是幸运呀！"

疯狂毕露，毁灭自己！韬光隐晦，成就自己！

254. 玩具与书本

一天夜晚，玩具梦见了书本正在独自思考。

玩具来到书本面前问道："朋友，你在干吗？"

书本回答道："我正在求索如何获得积蓄更多的知识，实现我美好的理想。"

玩具说道："原来你成天都在苦思冥想获得积蓄知识，你的生活是多么枯燥乏味。我每天都东游西荡，四处玩耍，我的生活是多么美好快乐。"

书本说道："我每天求索知识，获取智慧，才拥有世界永恒的财富！你成天贪图享受，寻求快乐，只不过是世上一时的玩物。"

贪图安逸享受，往往会成为世界的玩物！追求知识理想，常常会拥有世界的财富！

255. 大树与花卉

大树对花卉问道："你为何常常美丽芳香呢？"

花卉回答道："我具有一颗美丽芳香的心，才总是呈现出美丽芳香。"

大树赞叹道："原来你具有一颗美丽芳香的心，你的生活才绚丽多彩，芳香无比呀！"

随后花卉对大树问道："你为何这样高大翠绿呢？"

大树回答道："我具有一颗的高大翠绿的心，才这样地翠绿高大。"

花卉赞美道："原来你具有一颗高大翠绿的心，你的生活才翠翠绿绿、高昂向上呀！”

心美丽，人生才会美丽！心博大，人生才博大！

256. 爱与恨

一条虫子钻进老虎的肉里，吸食着老虎的血肉，他边吸边兴高采烈道：“老虎、老虎我爱你，永远都会爱着你；小鸡、小鸡我恨你，一生都会恨着你！”

一只小鸡在山林里捉住了一条虫子，他边吃边津津有味道：“虫子、虫子我爱你，永远都会爱着你；老虎、老虎我恨你，一生都会恨着你！”

一只老虎在森林里捉住了一只小鸡，他边吃边得意洋洋道：“小鸡、小鸡我爱你，永远都会爱着你；虫子、虫子我恨你，一生都会恨着你！”

天空听见他们的话，哈哈大笑道：“你们这些生灵，你们所爱的，恰恰是你们之间所恨的；你们所恨的，恰恰是你们之间所爱的；你们真是一群不可思议的东西。”

世上有时也是如此——你所爱的，恰恰为别人所恨；你所恨的，恰恰为别人所爱。

257. 绿叶与红花

每当春暖花开的时候，绿叶看见红花总是受到天地万物的宠爱，而自己却总是受到天地万物的冷落，他极为羡慕嫉妒红花。然而，不久，红花便衰老了。

绿叶对红花问道：“你为何这样容易衰老呢？”

红花回答道：“我一来到世上，每时每刻都努力开放展示自己的美丽，向天地世界奉献呈现自己的美丽，我实在太辛劳了，就容易衰老。”

红花说完这番话便凋谢了。

绿叶感叹道："我现在再也不羡慕嫉妒你的荣耀宠幸了，原来你的荣耀宠幸都是付出艰辛巨大的代价才得到的呀！"

其实，荣耀往往都要付出代价！

258. 绿叶与花树

有一棵千年的花树，身上的绿叶枯了又生，花儿谢又开，年年如此。

有一片绿叶，他枯了又生出新叶，枯了又生，年年如此。

有一天，绿叶对花儿说道："我深深地爱着你，为你守护了千年，多想亲近拥抱你。"

花儿说道："我也深深地爱着你，为你开放了千年，多想投入你温馨的怀抱。"

他俩的话恰巧被花神听见了，花神便成全了他俩的愿望。当绿叶亲近拥抱花儿，发现自己也变成了美丽的花儿；当花儿投入绿叶温馨的怀抱，发现自己竟然变成了美妙的果子。

绿叶与花儿不约而同感叹道："忠贞不渝的爱情，才会创造神奇壮美的奇迹，才会有美妙绝伦的结果。"

相亲相爱的人们，定有美妙的结果！

259. 心态与人生

甲乙两个农夫一同在一块地里劳动时，挖出了两个一模一样的古童；甲认为这两个古童没有什么价值，便将两个古童全部让给了乙。

有一天，村里来了一个做古童生意的商贩。乙将那两个古童卖给了商贩，得了2000元现钞，他为此而得意洋洋。乙兴高采烈去告诉甲，甲坦然

自若地祝贺乙。

不久，乙听说那两个古童是世上价值连城的古童，至少都可以值500万元，乙为此伤心不已。乙心情沮丧又去告诉甲，甲平静自然地安慰乙。

乙常常悔愧不已，埋怨自己真是没有运气，乙积怨成疾，不久就病死了。

尔后，甲又在原地挖出了两个古童，将这两个古童捐献给了博物馆，甲宁静安然地度过了自己美好的一生！

心态造就人生！

260. 议论与行动

老虎在森林里横行霸道，残害生灵，引起了森林里的动物群体激愤。森林里的动物在一起集会，准备集思广益，采取对策，消灭老虎。

猴子建议设置陷阱，引虎出洞，捕杀老虎；兔子建议用火烧死老虎；蛇建议放毒药毒死老虎……

动物们都提出了极佳的建议。

乌鸦最后说道："大家的建议都很好，现在我们要统一思想，推举一位勇士，实施一个方案，就可以杀死罪该万死的老虎；否则我们在这里议来论去，毫无效果，都有可能成为老虎的口中之食。"

动物们一听要推选一位勇士，个个都害怕自己被选中，他们争先恐后地逃之夭夭。

不久，森林里的动物不是被老虎斩尽杀绝，就是无可奈何地逃离了森林家园。

议而不行，永无出路！

261. 种子与泥土

天寒地冻之日，一颗种子被深深地埋没在泥土中。

种子对泥土抱怨道："你为何要埋没我呢？"。

泥土回答道："因为我爱你。"

种子问道："你为何爱我呢？"

泥土回答道："因为你是种子。"

种子哭泣道："就因为我是种子，你就要这样残酷地埋没我吗？"

泥土说道："现在正是严寒的冬天，我不这样残酷地埋没你，你就会被冻死。我埋没你，就是器重你，就是爱护你；我埋没你的现在，就是为了造就你的将来。你只要永葆生命的活力，忍受埋没之苦；不久的将来，就将发芽成材！"

忍受埋没之苦，永葆生命的活力，你也会成功成材，拥有美好的未来。

262. 忘记与记住

有一位记者曾经采访一位成就杰出的作家，询问他成功之道。

作家谦虚道："我算不上什么成功者，也没有什么成功之道；我只是每当写作时总是力求忘记自我、记住天地世界。"

记者问道："这是为什么呢？"

作家回答道："我是天地世界里一相当渺小的分子，我在写作时必须彻底完全地忘记自我，才能全心全意地投入到创作中。我深知——天地世界广袤博大，比我才华出众者数不胜数；然而天地世界却给了我独特的美

好恩泽。我在写作时必须牢记天地世界的恩惠，记住天地世界的博大，逼迫自己拚命努力地超越无数出类拔萃的人们，尽心尽力向天地世界奉献自己最好的作品，才能报答天地世界的恩惠，无愧于天地世界的恩泽！”

记者赞叹道：“原来你总是忘记自己、奉献自己，才成就了自己；你总是记住天地世界的恩惠、记住天地世界的博大，才造就了一个美妙无比的作品世界。”

忘记自己，奉献自己，成就自己；记住世界，感恩世界，创造世界！

263. 心脏与人生

一天，一位大师给学子们讲解人生之课，他在课堂里提出了一个问题：“什么是生命最柔软、最刚强、最重要的部位？”

诸位学子想了一会儿，随后异口同声道：“心脏。”

大师说道：“是呀！心脏之血液贯通生命的各个部位。生命每个部位

的一举一动，心脏都有极强的敏感，是生命最柔软的部位；心脏能够承受生命所有的痛苦欢乐，承受生命的负荷重托，是生命最刚强的部位；只要心脏未死，生命就活着，心脏一停止，生命就终结，心脏是生命最重要的部位；心脏注定生命的的生死存亡。同样心灵是我们人生的综合体现，决定我们的人生优劣好坏；珍爱心脏，生命才能美好；珍爱心灵，人生才能美好。”

心脏注定生命，心灵注定人生！

264. 慧比天下与惠泽天下

一个青年作家向一位著名作家请教：“我从小就喜爱文学，希望自己在文学方面能够有所成就，成为文学方面的红人。我一直用心努力奋斗，然而却事如愿违，这是为什么呢？”

著名作家反问道：“你是怎样用心努力的呢？”

青年作家愁眉苦脸道：“我在校读书时，总希望自己写的文章在全班甚至全校第一，与别人比智慧；我走向社会，在一家杂志社编辑部做编辑，凡事争强好胜，处处希望比别人强；我感到自己活得很苦很累。”

著名作家说道：“你是希望自己在文学上有所建树，成为真正的文人吗？”

青年作家说道：“是呀！这正是我的心愿。”

著名作家说道：“我现在赠你一句箴言。”

著名作家说着便在纸上写道：“穷者不可比富！富者不可比智！智者不可比惠！！！”

青年作家看后说道：“老师，惠应该是智慧的慧，你是否写错了呢？”

著名作家说道：“是惠泽天下的惠，而并非智慧的慧。做真正的文人

应该是惠泽天下，而不应去慧比天下。”

青年作家困惑不解地问道：“这是为什么呢？”

著名作家说道：“山外有山，天外有天，人外有人。你如果一味地追求比别人富贵，比别人才智高超，总有人比你富贵、比你才高，你就会越比越累、越比越苦，你的心胸就会越来越狭窄，最终苦了自己。相反你如果追求创造比别人好，贡献比别人大，奉献比别人多，比是否能够惠泽天下；即使你没有达到目的，你的心胸也是开阔的，心情也是愉悦的，你的成就必然独特非凡。”

青年作家听了豁然醒悟——

心态不同，思想不同，精神不同，其成就必然迥然不同！

265. 白纸与彩画

一张白纸遇见一幅彩画。

白纸对彩画羡慕道：“我羡慕你的富有。”

彩画劝导道：“你不必羡慕我的富有，有一天你也会富有的。”

白纸叹息道：“我悲叹自己的贫穷命运。”

彩画劝慰道：“你不必悲叹自己的贫穷命运，有一天你的命运也会改变。”

白纸气愤道：“你在讽刺挖苦我。”

彩画良言道：“我并非讽刺挖苦你。朋友，我曾经也是一张白纸，也像你一样的贫穷，但我自尊、自强，最终才成了一幅价值连城的彩画。只要你珍惜自重自己，不要被那些无德无才的虚伪小人所污染，就会被那些有才有德的大师发现，你一定会富有的；只要你自信、自强，你贫穷的命运也会改变，一定会拥有美好的明天。”

自珍自重，定会富有生命的价值！自信自强，必会拥有美好的未来！

266. 非凡金子与普通石头

神仙下凡人间，看见一个乞丐在乞讨。

神仙怜悯乞丐，他走到乞丐面前，施舍给乞丐一块不同平常的金子。

乞丐却悖然大怒道："你是谁，为何要用一块石头来戏弄我呢？你真是缺德。"

神仙心平气和道："我是神仙，我看见你可怜，就赐给你一块特别的金子，想帮你渡过难关。"

乞丐破口大骂道："你这个骗子，刚才明明用一块石头来戏弄我，现在又想用谎言来愚弄我。"

神仙神态自如，立即变出一块普通的石头放在乞丐面前。他对乞丐问道："你看我手中的是什么东西？"

乞丐看见神仙神秘的举止行形，立即跪在神仙叩头道："我现在相信你是一个真正的神仙了，你手中的是一块财宝。"

神仙告诉乞丐——自己手中的东西不过是一块普通的石头。

乞丐摇着头道："你是神仙，你手中的东西一定是块财宝，敬请你将这块财宝赐给我。"

神仙哈哈大笑道："我施舍给你一块非凡的金子，你却说他是一块石头；我手中的东西不过是一块普通的石头，你却想得到他。唉！你真是愚昧无知，怪不得你会成为一个四处流浪的乞丐。"

愚昧无知往往造就贫穷不幸！

267. 对立与统一

很久以前，创世主召集群神集会，准备派遣群神下凡人间。

创世主告诫群神道："你们必须成双成对到人间去，否则你们在人间就会无立足之地、无法生存。"

于是真神找了假神配对，善神找了恶神配对，美神找了丑神配对，好神找了坏神配对，生神找了死神配对，有神找了无神配对……所有的神都找了自己相配对的神作伴侣，成双成对地来到了人间。

从此以后，有真的地方，就有假的东西；有善的地方，就有恶的事物；有美的地方就有丑的市场；生与死，有与无……万事万物都处于对立统一中。

世界永恒处于对立统一体中。

268. 境界与人生

曾经，一个小镇上有三个玩得要好的少年，一同在一个星光灿烂的夜晚观看星星。

第一个少年索然无趣道："我看来看去，不过是几颗平常的星星而已，有什么好看的呢？"

第二个少年兴高采烈道："我左看右瞧，看到了一片绚丽多姿的天空，真是美妙极了。"

第三个少年心旷神怡道："我边看边思，看到了一个美妙绝伦的世界，真是奇妙无穷呀！"

多年以后，第一个少年依然是小镇上一个普通的居民；第二个少年成了小有名气的企业家；第三个少年成了举世闻名的大成者！

不同的眼光，不同的境界，往往造就不同的人生！

269. 白纸与人生

有一次，一位老师向学生们问道："一张白纸有什么用？"

一个学生说道："画家用白纸可以画出美丽的图画。"

一个学生说道："作家用白纸可以创作出美好的作品。"

一个学生说道："建筑师用白纸可以描绘美妙的蓝图。"

一个学生说道："科学家用白纸可以进行科学演算，可以创造出科学奇迹。"

一个学生说道："我们可以用白纸写字、做作业。"

……

学生们说出五花八门的答案。

老师随后拿出一张白纸，问道："我们如果不使用他，这张白纸有什么用？"

学生们异口同声道："我们如果不使用他，这张白纸就没有作用。"

老师随后将这张白纸丢到地上，尔后用脚在白纸上踩了几下，问道："这张白纸有什么用？"

学生们不约而同地回答道："老师，这张白纸现在已经变成了垃圾；他不仅没有用，而且会污染环境。"

老师最后语重心长地说道："孩子们，你们都说得非常好。一张白纸充分使用，就能让他的生命发挥巨大的作用；如果将他闲置不用，他就没有什么作用；如果将他运用不当，他就会变成垃圾、污染环境。我们每个人来到世上，开始就像一张纯洁无暇的白纸，我们只有充分运用挖掘自己的潜能，才能成为有用之材，才会成就一生、无愧一生；我们如果不去运

用挖掘自己的潜能，就会成为无用之人，就会虚度一生、枉费一生；我们如果将自己的潜能运用不当，就会成为祸害之人，就会祸害一生、可恶一生。”

充分运用自己的潜能，才能成为有用之材；闲置不用自己的潜能，就会成为无用之人；错误使用自己的潜能，就会成为祸害之人。

270. 左手与右手

左手与右手经常相见相会，他俩相互之间对对方都没有什么好的感觉，觉得双方是熟悉的陌生者。

有一天，左手受伤了，右手感到自己近来相当辛劳，右手此时才觉得左手是自己生命中非常重要的助手。

当左手痊愈后，右手不慎受了重伤，被裁肢了；左手再也见不到右手，他才感觉到右手是自己生命必不可缺的可爱帮手，是自己最好的伴侣。

世上很多人也是这样，对于自己拥有的东西常常没有什么感觉，一旦失去才会感到其美好可爱、珍贵无比！

272. 大石头与小石头

很久以前，在一座山上，所有的石头在一起议论怎样让石头在世界上立足出头。

一块大石头对所有的小石头们高呼道：“我是一块大石头，可以当石头家族的代表；您们都是我最可信赖的依靠，请您们将我抬举到高空中；我就可以代表石头家族在世界上昂首出头了，以后我们一同在世上享受最高、最美的幸福。”

所有的小石头认为大石头言之有理，他们一呼百应，众志成城立即将大石头抬举到了高山的山顶上，让大石头昂首挺胸在所有的小石头之上。

这块大石头在所有的小石头上开始作威作福，压得小石头喘不过气来。小石头们就强烈请求大石头下来与他们平起平坐，一同享福。

然而大石头却神气十足道："我是你们的代表，是你们的主子，你们谁不听我的，我就压碎谁。"

小石头们觉得大石头横蛮无理，他们齐心协力摧倒了大石头，将大石头埋葬在地底下。

小石头们对大石头说道："你现在可明白了——我们可以抬举你，照样也可摧垮你。"

顺众生者兴，逆众生者亡！

273. 脑袋与屁股

有一天晚上，脑袋与屁股在床上发生了争议。

脑袋说："我是首脑部位，我决定大家的思路与出路，也决定大家的成功与幸福；你可要绝对服从我，我让你朝东、你就不能朝西，我让你站立、你就不能坐下；你要一切为我服务。"

屁股说道："我是关键部位，我坐的位置决定你思路与出路，也决定你的成功与幸福，你可要一切为我着想，为我服务，否则我就让你头痛不安。"

脑袋气喘吁吁地说道："你这个叛逆之徒，我现在惩罚你永远坐在床上。"

屁股也气愤不已地坐着睡觉了。

第二天早晨，脑袋想到外面去散散心心，他马上叫屁股起来，陪同他到外面去溜哒；然而屁股坐在床上一动不动，脑袋只好随着屁股一同躺在

床上。

第三天，屁股因为长久坐着，他长出了痔疮，痛苦不已。屁股痛苦的神经传播到脑袋的经脉里，脑袋也痛苦不堪，他立即请求主人到医院去为屁股治病。脑袋一直照料与陪伴着屁股在医院治病。屁股的病经过半个月的治疗，才完全痊愈。

屁股病愈后，他对脑袋说："感谢您这半个月照料与陪伴，让我彻底康复了。我以后绝对服从你。"

脑袋说："我也感谢您对我的建议，以后我一定为你与大家着想，让我们同舟共济，一同去开创生活的美好吧。"

人生在世，我们身边的每个人其实都是生命中重要的一员！

274. 神奇与泡沫

有一天，在大众广庭中，一个江湖人士手拿着一样奇形怪状的东西，向路人吹嘘他拿着的是一件神奇的神物。

一路过的路人询问那件神物有何神奇之处，他坎坎而谈道："这件神物放在家中，种在床底下，你向他虔诚地许愿，不管许什么愿，一年后，他都能帮助你成就美好的愿望。"

路人说道："这件神物，既然有这样地神奇，你为何不放到自己家中，帮助自己成就美好的愿望呢？你为何还要在这里跑江湖，卖弄玄虚呢？"

江湖人士一时哑口无言，众人见时情景，立即一哄而散；江湖人士马上灰溜溜地离开了。

神奇到顶也会变成泡沫，神马出笼也会变成浮云！